Paul Johann Anselm Feuerbach

Kritik des natürlichen Rechts als Propädeutik zu einer

Wissenschaft der natürlichen Rechte

Paul Johann Anselm Feuerbach

Kritik des natürlichen Rechts als Propädeutik zu einer Wissenschaft der natürlichen Rechte

ISBN/EAN: 9783741127625

Hergestellt in Europa, USA, Kanada, Australien, Japan

Cover: Foto ©Andreas Hilbeck / pixelio.de

Manufactured and distributed by brebook publishing software (www.brebook.com)

Paul Johann Anselm Feuerbach

Kritik des natürlichen Rechts als Propädeutik zu einer Wissenschaft der natürlichen Rechte

KRITIK

DES

NATÜRLICHEN RECHTS

ALS

PROPÄDEUTIK ZU EINER WISSENSCHAFT

DER NATÜRLICHEN RECHTE.

VON

D. PAUL JOH. ANSELM FEUERBACH.

ALTONA,
BEI DER VERLAGSGESELLSCHAFT.
1796.

Τον δε γαρ ανθρωποι σι νομον διεταξε Κρονιων.
Ιχθυσι γαρ και θηρσι, και οιωνοις πετεηνοις
Εσθεμεν αλληλες. επει ου δικη εςι μετ' αυτων.
Ανθρωποισι δ' εδωκε δικην η πολλον αριςη

Hesiodus.

SEINEM VATER

HERRN

JOH. ANSELM FEUERBACH,

DOCTOR DER RECHTE ZU FRANKFURTH
AM MAIN.

Δοσις ὀλιγητι φιλητι.

Homer.

Eine kleine Gabe erfreut auch.

Voſs

MEIN VATER!

Freudig ergreife ich diese Gelegenheit, Ihnen ein kleines Denkmal kindlicher Verehrung aufzurichten. Es ist freilich nur gering und ich wünschte, Ihnen einen bessern, lebendigern Beweis meiner Dankbarkeit und Liebe geben zu können. Aber „eine kleine Gabe erfreut auch", wenn ihr das Herz des Gebers und des Nehmers einen Werth zu ertheilen vermag. Und

dieser

dieser Gedanke tröstet mich über das Un-
vermögen, Ihnen etwas besseres, Ihrer
würdigeres darzubringen.

Leben Sie wohl! — Ihr Herz, Ihre
Liebe, sey der gröfste und schönste Lohn
meiner Arbeit!

Ihr

Sohn.

VORREDE.

Ich lege hier den Freunden der Wahrheit
einen Versuch vor, der, obgleich nicht durch
den Namen des Verfassers, oder die Treff-
lichkeit der Ausführung, dennoch durch die
Heiligkeit des Gegenstandes, den er bearbeitet, und die Wichtigkeit des Zwecks, den

*

er

rückkehrte , daſs die philosophische Rechtslehre nichts weiter, als ein Apfel der Eris,
oder, um mit Baco zu reden, eine Szylla
sey, die zwar obenher schön aussähe, sich
aber in Disputirgebell endige, und daſs dieses die Stelle ihrer Geburten vertrete. So
sehr ihn auch diese Erscheinung auf der einen
Seite niederschlug, eben so sehr ermunterte
sie ihn auf der andern, um die Quelle aller
dieser Irrthümer und Streitigkeiten aufzu-
suchen und dann zu einem für seinen Kopf
und Herz befriedigenden Resultate zu gelangen. Und auf diesem Wege fand er nun,
daſs die Uneinigkeit, welche die Philosophen

eben

eben so sehr in den Principien, als in den untergeordneten Sätzen entzweite, die letzte und wichtigste Quelle jener Erscheinung; daſs auf dem von allen Rechtslehrern (diejenigen ausgenommen, welche durch ein Recht der Stärke alles Recht aufheben,) im allgemeinen betretene Wege, nämlich einer Herleitung des Rechts aus dem Sittengesetz, kein Naturrecht als Wissenschaft, keine vollgültige Befriedigung der Vernunft, keine vollständige Auflösung ihrer Probleme möglich sey; — und endlich, nachdem er sich mit dem Begriff des Rechts, seinem Unterschied von andern verwandten Begriffen, und mit

der

der Natur der Vernunft vertraut gemacht
hatte, daß nur durch die Ableitung des
Rechts aus einer eignen, von der gesetzgeben-
den Vernunft verschiedenen, *juridischen*
Funktion des Vernunftvermögens, das
Naturrecht in seine Würde einer besondern,
für sich bestehenden Wissenschaft eingesetzt,
und die Forderung des philosophischen Forschungsgeistes befriedigt werden könne.

So sehr er aber auch für jetzt von der
Wahrheit dieser Behauptungen mit Recht
überzeugt zu seyn glaubt, so weiß er doch
nur zu gut, daß alles unser Wissen Stück-
werk,

werk, und Irren menschlich ist. Es ist nun
einmal Schicksal der philosophirenden Vernunft, daß ihr Weg zur Wahrheit durch
Irrthümer geht und sie, wenn ich mich der
Worte eines berühmten Mannes bedienen
darf, „oft erst den Unsinn erschöpfen muß,
ehe sie sich zu dem schönen Ziel der ruhigen
Wahrheit hinaufarbeiten kann.„ Und es
wäre Eitelkeit und Vermessenheit, wenn ich
glaubte, ihr auf dem Gebiet des natürlichen
Rechts dieses schöne Ziel schon errungen,
die vorhergehenden Versuche vollendet, allgemeingültige Wahrheit gefunden zu haben.
Nur das glaube ich, (und das kann ein jeder
glau-

glauben, *der selbst gedacht und redlich nach Wahrheit gerungen hat,*) *daſs ich, um einige Schritte wenigstens, die Vernunft fortgeführt und sie, wenn auch nur durch Winke, entweder auf Entdeckung eines neuen Wegs, oder auf Verbesserung der bisher betretenen Pfade aufmerksam gemacht habe.* — *Daſs dies keine heuchlerische Grimasse und stolze Bescheidenheit ist, dafür, glaube ich, bürgt die Art, mit der ich zu meinen Gegnern* — *aber wozu diesen Ausdruck, wo von Freunden der Wahrheit die Rede ist?* — *zu meinen Vorgängern gesprochen habe.* Ich betrachte einen jeden als meinen Freund, der von einem Gegenstande beseelt, mit mir nach einem Ziele strebt. Ich schelte niemanden einen Sophisten, weil seine Wahrheit nicht auch die meinige ist, und dringe mit keiner Diktatormine meine Ueberzeugungen auf. — Sollte mir aber gleichwohl, ohne daß ich es wußte oder wollte, irgend ein hartes, absprechendes Wort entfallen seyn, so rechtfertige mich, wer es kann — und jeder wird es können, den eigne Erfahrung belehrt hat, was es heiße, für Wahrheit bei einem für die Menschheit wichtigen Gegenstand reden.

Was das Buch selbst, die Ausführung und Darstellung meiner Gedanken anlangt, so weiß ich nur allzugut, wie weit es noch hinter dem Ideale zurückgeblieben ist, nach dem ein jeder Schriftsteller seine Arbeiten messen und würdigen sollte. Und gewiß, dieser Versuch würde auch wohl noch lange zwischen meinen vier Wänden verschlossen geblieben seyn, wenn nicht zwei Dinge mich zur Herausgabe desselben bestimmt hätten.

Einmal das Bedürfniß einer solchen Schrift. — Es scheint zwar, wenn man die große Menge von Lehrbüchern, Systemen, Abhandlungen in dieser Wissenschaft, die seit der Revolution in der Philosophie durch

durch den *Kriticismus* erschienen sind, einzig und allein vor Augen hat, daſs eine neue Schrift, deren Gegenstand das natürliche Recht ist, zu nichts weiter, als den groſsen Haufen unnütz zu vergröſsern, dienen könne. Mir aber (und hierin glaube ich nicht zu irren) scheint es anders. *Weit entfernt*, daſs durch die vielen Bemühungen der Philosophen unserer Tage das Naturrecht wäre in seine Rechte eingesetzt, und sein Gebiet aus einem Felde des Streites in ein Land des Friedens umgeschaffen worden, haben vielmehr die Streitigkeiten in eben dem Verhältnisse zugenommen, als sich die Untersuchun-

** *gen*

gen vervielfältiget haben. Sätze, die sonst entweder nie bezweifelt, oder deren Gegentheil längst widerlegt worden, hat man jetzt in Anspruch genommen und zum Gegenstand des Kampfes gewählt. — Man erinnere sich nur an das Zwangsrecht aus Verträgen, das von Franciscus Conanus bezweifelt wurde, und seit es Gratius gegen diesen in Schutz genommen, niemalen, als nur in unserm Iahrzehend, seine G. gner wieder gefunden hat. — Man erinnere sich an das forum externum, das seit Gundling und Beyer unbezweifelter Gegenstand des Naturrechts gewesen, aber nun von einigen —

zum

*zum gröſsten Nachtheil der Wissenschaft —
aus den Gränzen desselben verwiesen worden
ist. —* Man erinnere sich an noch viele
andere Lehrsätze des Staats· und Völker-
rechts, des absoluten und hypothetischen, des
reinen und angewandten Naturrechts, und
jene Behauptung wird keines fernern Beweises bedürfen. — *Und was ist denn wohl
der Grund dieses Phänomens? —* Eine
Wissenschaft, in der man noch nichts weiſs,
ist in ihren Gründen schwankend, und diese
Gründe sind bisher in dem Naturrechte über
dem Aufbauen nur zu sehr auſser Acht gelassen worden. Man war mehr um das

Gebäu-

Gebäude, als um seinen Boden; mehr um den Strom, als um die Quelle desselben; mehr um das Resultat, als um die Principien bekümmert, und gieng, ohne sich mit langen Zurüstungen abzugeben, und ohne sich erst des sinkenden Bodens zu versichern, seinem Ziele unbekümmert entgegen. Eine Kritik der Principien ist daher kein unnützes Unternehmen. Sie ist Bedürfniß der Zeit. Und dieses Bedürfniß ist das Eine, was mir die, vielleicht zu frühe Bekanntmachung dieser Schrift gebot.

Das

Das andere ist die freudige Hoffnung, durch die wechselseitige Auswechslung der Gedanken, durch freimüthige, strenge Prüfung meiner Zweifel und Gründe, meine Ueberzeugungen berichtigen, mein System befestigen und — (was ich jezt nicht vermag) — entweder an der hülfreichen Hand der Denker, die Wissenschaft der Rechte fest begründen, oder mit meiner Ueberzeugung mein eignes Werk wieder zernichten zu können.

Daſs aber diese Hoffnung in Erfüllung gehe, dazu ist es nothwendig — und diese Ge-

rech-

rechtigkeit kann ich wohl von meinen Richtern fordern — daß man diesen Versuch einer strengen Prüfung würdige, und nicht mit einem oberflächlichen Lob oder einem oberflächlichen Tadel von der Hand wiese. Durch beides kann die Wahrheit, die hier durch den Gegenstand ein zwiefaches Interesse hat, nichts — gar nichts gewinnen; das kann sie nur durch eine Kritik, die nicht durch Einfälle oder durch Konsequenzen, sondern durch Prüfung aller Gründe, in ihrem ganzen Umfang und Zusammenhang, einen Sieg für die Wahrheit zu erkämpfen sucht. Daß ich aber dies zu fordern berechtigt bin, davon überzeugt mich das Be-

wußtwufstseyn, daſs ich redlich nach Wahrheit geforscht habe. Ich gebe hier (und seines Fleiſses, sagt L e s s i n g, kann sich ein jeder rühmen.) keine Meynungen und Einfälle, keine leeren Paradoxen, die der Laune, der Phantasie, oder einer eitlen Geniesucht ihr Daseyn zu verdanken haben. Was ich hier sage, so unbedeutend oder ſo unwahr es auch immer seyn mag, ist das Produkt eines anhaltenden Fleiſses, eines angestrengten Nachdenkens und einer mühevollen Untersuchung.

Dieses

XXIV

Dieses Geständniſs wird nun freilich nicht gegen die leeren Einwürfe derjenigen schützen, welche ihre Vernunft von der eines andern gleichsam zur Lehn empfangen haben, und deren ganze Kunst im Prüfen und Widerlegen sich auf ein leidiges αὐτος ἐφα reduciren läſt. Zu diesen aber habe ich nicht gesprochen. Ich spxach zu den unpartheiischen Freunden der Wahrheit, denen alles, was für Wahrheit gesprocheu wird, es komme, von wem es wolle, gleich willkommen ist, und die nicht eine Ueberzeugung, darum weil sie nicht die ihres Lehrers ist, oder weil er sich nicht ausdrücklich für dieselbe erkläret hat, als unwahr,

oder

oder thöricht, oder lächerlich verwerfen. Man halte dies ja nicht für einen kleinlichen Ausfall gegen den Mann, der — ein Stolz unsers Vaterlandes — eben so viele unwürdige Freunde, als unbefugte Gegner gefunden hat. Niemand kann den königsbergischen Weisen inniger verehren, niemand mit tieferer Dankbarkeit die Verdienste erkennen, die sich dieser grofse Denker um Philosophie und Menschheit, um Welt und Nachwelt erworben hat, als ich. Aber so grofs auch die Hochachtung gegen diesen Philosophen ist, so vermogte sie doch niemalen so viel über mich, nur mit seinen Augen zu sehen, mich an der Krücke einer

frem-

fremden Vernunft ängstlich hin und her zu
bewegen, und durch den Schwur auf des Mei-
sters Worte auf alle Selbstständigkeit Verzicht
zu thun.

Uebrigens wird man in dieser Schrift dieselben Grundsätze im allgemeinen antreffen, die
in der Abhandlung: Ueber den Begriff
des Rechts, (in dem Iournal einer Gesellschaft teutscher Gelehrten von Herrn Prof.
Niethammer im 6ten Stück) und in der
Schrift: Ueber die einzig möglichen
Beweisgründe gegen die Menschenrechte.

r e c h t e. Leipzig und Gera, bei Heinsius, 1795.

obgleich nur in den gröbsten Umrissen enthal-
ten sind. Gleichwohl wird man in dem Gang
der Untersuchung, so wie in der Bestimmung
des Begriffs: R e c h t einen Unterschied bemer-
ken, der zwar der Sache nach unbedeutend,
aber für die gröfsere Beftimmtheit und zu
Verhütung unnöthiger Mifsverständnisse nö-
thig ist.

Ich schliefse mit dem Wunsch, dafs man
mich redlich prüfen, meinen Begriffen keine
fremden unterschieben, und — was ich am
herzlichsten wünsche — dafs diese Arbeit

zur

zur Befestigung der ewigen Rechte der Menschheit, wenigstens etwas beytragen möge!

Jena,
den 16ten März,
1796.

Der Verfasser.

———

EINLEITUNG.

Keine Wissenschaft hat in unserm Zeitalter ein so allgemeines Interesse gefunden, keine ist mit so vielem Eifer bearbeitet worden, als die Wissenschaft der Rechte des Menschen. Ohnstreitig fachte der Genius unsres Zeitalters diese Bemühungen an. Während die Probleme des Naturrechts sonst

nur

4

nur in den Studirstuben der Gelehrten verhandelt,
von der spekulirenden Vernunft aufgegeben und
als blos für ihr Forum gehörig betrachtet wurden,
wurden sie heut zu Tage in den Conventssälen
der Volksrepräsentanten einer umgeschaffenen Nation debattirt und durch die Praxis selbst der theo-
retischen Vernunft vorgelegt. Eine grofse Nation
zerbricht die Fesseln der Monarchie und wirft sich
der Demokratie in die Arme, gründet ihren Staat
auf die Rechte der Menschheit und löst durch ihr
wirkliches Handeln all jene grofsen Probleme, an
deren Einführung in die wirkliche Welt sonst nur
eine überspannte Phantasie nicht verzweiflen konnte. Dadurch erhielten die Untersuchungen über die
Menschenrechte aufser ihrem innern und nothwendigen Interesse, noch ein äufseres und zufälliges,
das die allgemeingültige Auflösung der natürlichen
Probleme der philosophirenden Vernunft mit mehr
Nothwendigkeit empfahl und ihr die Aufstellung
eines festen Systems der Vernunftrechte zu ihrem
wichtigsten Geschäfte und zur heiligsten Pflicht
machte. Die besten Köpfe wetteiferten daher, diese Wissenschaft zu ihrem Ziel zu bringen, sie in
ihre Würde als Wissenschaft einzusetzen, ihre
Probleme mit Strenge zu beantworten und ihr

so-

sowohl äufsere als innere Consistenz zu ertheilen.

Auch waren diese Bemühungen keineswegs
vergebens und nichts ist gewisser, als dafs das Naturrecht nicht nur wirklich vieles gewann, sondern auch in der That gewinnen mufste. Die
Principien der kritischen Philosophie, die Auffindung der letzten Gründe der Sittlichkeit, das tiefe-
re Durchforschen sowohl der Natur der theoreti-
schen, als auch der praktischen Vernunft, mufsten die Bemühungen der Selbstdenker auf dem
Felde des Naturrechts erleichtern, ihnen zum
fichern Leitfaden auf ihrem Wege dienen und eine
festere Begründung dieser Wissenschaft möglich
machen.

Aller Versuche ungeachtet ist es aber der Vernunft noch nicht gelungen, ihr Bedürfnifs einer
Wissenschaft der Vernunftrechte vollgültig zu befriedigen, ein festes in fich selbst haltbares Gebäude der Menschenrechte zu errichten, einerseits die
Forderungen des gemeinen und gesunden Menschenverstandes, andernseits der philosophirenden
Ver-

Vernunft zu befriedigen und den lang ersehnten
Frieden auf diesem Felde der menschlichen Erkenntnifs herbeizuführen. Kant sagt sehr gut:
„Ob die Bearbeitung der Erkenntnisse, die zum
Vernunftgeschäfte gehören, den sichern Gang einer Wissenschaft gehe oder nicht, läfst sich bald
aus dem Erfolge beurtheilen. Wenn sie nach vielen gemachten Anstalten und Zurüstungen, sobald
es zum Zweck kommt, in Stecken geräth, oder
um diesen zu erreichen, öfters wieder zurückge-
hen und einen andern Weg einschlagen mufs; in-
gleichen wenn es nicht möglich ist, die verschiedenen Mitarbeiter in der Art, wie die gemeinschaft-
liche Absicht erreicht werden soll, einhellig zu
machen, so kann man immer überhaupt überzeugt
seyn, dafs ein solches Studium bei weitem noch
nicht den sichern Gang einer Wissenschaft einge-
schlagen, sondern ein blofses Herumtappen sey.„

Halten wir die Wissenschaft der Vernunft-
rechte an diesen Maafsstab der Existenz oder Nicht-
Existenz einer Wissenschaft, so mufs uns sogleich
die Bemerkung in die Augen springen, dafs das
Naturrecht bei weitem noch nicht sein Ziel als
Wissenschaft erreicht habe, und der menschliche

Geist

Geist auf diefem Gebiete der Erkenntnifs, noch
keineswegs zu der erhabenen Stufe gelangt sey,
wo er nach Auffindung einer untrüglichen Quelle
ihr auf dem Wege des Wissens mit sichern Schrit-
ten nachgehen, und in der Wissenschaft selbst
Fortschritte machen könne. Es ist ein trauriger,
aber eben darum nur um so mehr zur Thätigkeit
auffordernder Anblick, wenn man sein Auge auf
das Feld des Naturrechts wendet, und in dieser
für die Menschheit so interessanten Wissenschaft
die Selbstdenker in den hartnäckigsten Kämpfen
verwickelt siehet. Man kann dreust behaupten,
dafs es nur äufserst wenige Lehrsätze dieser Wissenschaft giebt, die nicht auch noch jezt bezweifelt wären, von der einen Parthei vertheidigt, von
der andern bestritten würden. Das allgemeine
Staatsrecht, auf das doch zuletzt all unser Forschen in der philosophischen Rechtslehre abzweckt,
hat nur eine äufserst unbedeutende Anzahl von
Sätzen aufzuweisen, die den Rang allgemeingelten-
der Sätze behaupten können. Während die eine
Parthei die Rechte des Oberhaupts im Staate ins
Unendliche ausdehnt und dem Despotismus hul-
digt; giebt eine andere dem Volke alles, und öf-
net dem Libertinismus die Schranken. Während
eine

eine Parthei das Recht des Volks zu einer Revolution in Schutz nimmt, wird dies von einer andern für durchaus widerrechtlich erklärt. Während ein Theil der Naturrechtslehrer das Recht zur Revolution dem Volke unbedingt zugesteht, glaubt es ihm die andern nur bedingt zugestehen zu müssen. Nicht geringer ist die Mishelligkeit der Selbstdenker in den übrigen Theilen des Naturrechts, in dem absoluten und hypothetischen, gesellschaftlichen und aufsergesellschaftlichen Naturrechte. Von dem einen wird das Zwangsrecht aus Verträgen behauptet, von dem andern durchaus geläugnet. Der eine läfst das Recht zum Zwang nur unter moralischen Schranken bestehen; der andere dehnt es in das Unendliche aus. Der eine giebt mir das Recht um einer Ohrfeige willen, den Beleidiger zu töden; der andere erlaubt mir nur meinen Zwang der Beleidigung adäquat einzurichten. In dem einen System wird mir ein Recht zur Strafe, oder wohl gar zur Rache zugestanden; in dem andern wird mir beides abgesprochen, und mein Zwang nur in so weit zugelassen, als er zur Erhaltung meines Rechtes nothwendig ist.

Man

Man würde sehr einseitig urtheilen, wenn man diese Erscheinungen auf dem Gebiete des Naturrechts blos auf die Rechnung der Urtheilskraft, welcher die Anwendung der Principien zukommt, schreiben wollte. Freilich wird eine strenge Consequenz in dieser Wissenschaft, mehr als in irgend einer andern, eine äufserst schwer zu erfüllende Forderung bleiben müssen. Das Gefühl der Pflicht und des moralisch - möglichen wird sich uns immer bei den Untersuchungen über das strenge Recht aufdringen, die Urtheilskraft bei der Anwendung selbst der evidentesten Principien nicht selten irre führen und uns glauben machen, dafs wir eine Antwort auf das r e c h t l i c h - m ö g l i c h e gegeben haben, während unsre Antwort blos auf das m o r a l i s c h - m ö g l i c h e gerichtet war. Nur zu deutlich aber ergiebt sich, dafs die Mishelligkeiten der Selbstdenker in dem Naturrecht wohl etwas tiefer, als in den blofsen Misgriffen der Urtheilskraft ihre Quelle haben müssen; dafs die Uneinigkeit unmöglich in einem so hohen Grade statt finden könnte, wenn das Naturrecht wirklich schon als Wissenschaft existirte und die philosophirende Vernunft, nachdem sie den Weg des Fortschreitens z u r Wissenschaft schon zurückgelegt,

sich

sich haltbare allgemeingültige Principien errungen
hätte.

Diese Behauptung erhält beinahe unwider-
sprechliche Gewifsheit, wenn wir auf die Principien selbst unsre Augen richten und die philosophirende Vernunft, so wie in den untergeordneten
Sätzen, also auch hier in dem gröfsten Widerstrei-
te mit sich selbst begriffen sehen. Unter Principien verstehe ich aber hier nicht- blos die ersten
Grundsätze, sondern alle diejenigen Erkenntnisse, welche als Bedingungen zur Errichtung der
Vernunftrechtswissenschaft vorausgesetzt werden
müssen. Zu diesen Erkenntnissen gehört 1) eine
befriedigende Antwort auf die Frage: Welches
ist das Wesen des Rechts als des *Ge-*
genstandes, der zu realisirenden Wissenschaft der Rechte? 2) eine befriedigende Antwort auf die Frage: welches ist der
in dem menschlichen Geist gelegene
Grund der Rechte? und 3) welches ist
der *Grundsatz* des Rechts?

So gewifs es ist, dafs nur nach einer allgemeingültigen, die Vernunft in allen ihren Forde-
run-

rungen befriedigenden Auflösung dieser Probleme
eine feste in sich haltbare Wissenschaft der Vernunftrechte möglich werden kann, so gewifs ift es,
dafs die Wissenschaft der menschlichen Rechte
noch nicht in der Wirklichkeit existirt und eine
befriedigende Antwort auf jene Fragen noch nicht
gefunden ist. Die Uneinigkeit, welche die Selbstdenker verwirrt, sobald sie sich über jene Probleme Rechenschaft geben wollen, ist schon an und
für sich Bürge für die Wahrheit dieser Behauptung.
Während die eine Parthei das Recht aus dem in
dem berechtigten Subjekt an sich gegründeten Sittengesetz ableitet, glaubt es die andere aus dem
Sittengesetz in dem berechtigten gegenüberstehenden bepflichteten Subject ableiten zu müssen. In
dem einen System wird das Recht für das durch
das Sittengesetz im berechtigten Subjekt an sich
negativ bestimmte Erlaubtseyn, oder mit andern
Worten, für eine blofse moralische Möglichkeit erklärt; in dem andern besteht es in
nichts weiter, als in der durch das Sittengesetz im
beflichteten Subjekt für das Berechtigte bestimmten
Möglichkeit zu handeln; nach einem dritten besteht es in der sowohl durch das Sittengesetz in
mir, als durch das Sittengesetz in andern beftimmten

ten Möglichkeit, mithin in einer Erlaubnifs und
Befugnifs zugleich. — Während der eine Theil
der Rechtslehrer den Grundsatz aller Rechte aus
dem Sittengesetz, in wie ferne es Rechtehaben-
den obliegt, deducirt, leitet es der andere aus dem
Sittengesetz ab, in wie ferne es für andere verbindlich ift.

Alle diese Erscheinungen auf dem Gebiete des
Naturrechts, alle diese verschiedenen einander ge-
radezu entgegengesetzten Wege, die die Vernunft
bei Aufstellung einer Wissenschaft der Vernunftrechte betreten hat, sind mir schon an und für
sich ein untrüglicher Beweis, dafs es ihr noch
nicht gelungen ist, jenes dringende Bedürfnifs
des menschlichen Forschungsgeistes zu befriedigen und ein haltbares Gebäude der Menschheits-
rechte zu errichten.

Das Streben nach Realisirung der systematischen Einheit, welches uns durch unsre vernünftige Natur nothwendig gemacht wird, so sehr es
auf der einen Seite eine unnachläfsliche Bedingung
zur Bearbeitung der Wissenschaften überhaupt ift,

eben

eben so sehr kann es auf der andern Seite für die
gründliche Bearbeitung der Wissenschaften nach-
theilig werden. Die Vernunft will Einheit in den
Erkenntnissen, das Aggregat ist ihrer Natur zuwider, sie dringt und nöthigt uns, ihre Form an den
Gegenständen wirklich zu machen, und das Aggregat zu einem harmonischen Ganzen zu verknüpfen. Darum eilt sie aber nur zu oft mit ihrer
Form einem brauchbaren Stoffe zuvor und errichtet Gebäude, ehe sie noch feste Grundsteine oder
gute Materialien gefunden hat. Dies war eine wichtige mitwirkende Ursache bei allen den Verirrungen
der Vernunft auf dem Felde der Spekulation, dies
erklärt uns gröfstentheils jenes merkwürdige Phä-
nomen: dafs die Vernunft nur nach vielen Verirrungen zu ihrem Ziele gelangt ist; dies ist auch eine
wichtige Ursache, warum die Vernunft bei allem
Bemühen der Selbstdenker auf dem Felde der philosophischen Rechtslehre noch nicht zu dem Ziele
gelangt ist, wo sie nach vollendeter Epoche des
Fortshreitens zur Wissenschaft, in der Wissenschaft selbst Fortshritte machen kann. Der Trieb
nach System, der schon an sich überwiegend in
der menschlichen Natur ist, erhielt durch die Be-
gebenheiten unsres Iahrzehends in Betracht der
Reali-

Realisirung einer Vernunftrechtswissenschaft, einen
noch kräftigeren Schwung, der viel zu thätig und
zu dringend war, als dafs die philosophirende Vernunft sich erst hätte nach sichern Grundsteinen
umsehen, und so lange die Aufbauung des Gebäudes aufschieben können, bis sie sich die oben
vorgelegten Fragen allgemeingültig beantwortet
hätte. Sie hatte zwar in dem Naturrechte hinläng-
liche Materialien zum Aufbauen, aber um ein Haus
zu errichten ist es nicht genug, dafs wir Steine
zum Gebäude haben, wir müssen auch vor allen
Dingen sichere Grundsteine und einen festen Boden haben, wenn unser Gebäude nicht wieder
einstürzen oder doch eines immerwährenden Aus
besserns und ängstlichen Unterstützens bedürfen
soll. Diese Grundsteine sich herbeizuschaffen und
den Boden genau zu untersuchen, machten bisher
bei den Bearbeitern des Naturrechts nur einen sehr
kleinen Theil der Beschäftigung aus. Sie bauten
Lehrsysteme, beantworteten einzelne untergeordnete Fragen des Naturrechts, suchten ihrem Gebäude innern Zusammenhang und strenge Harmonie der Theile zu verschaffen, aber nur zu wenig
war die Untersuchung der Principien, die Auflösung jener Probleme, mit deren allgemeingültigen

oder

oder nicht allgemeingültigen Beantwortung die
Gründlichkeit des Naturrechts stehen oder fallen
muſs, ein Gegenstand ihres sonst so verdienſtvol-
len Strebens.

Ich behaupte keineswegs, daſs man sich mit
Auflösung jener Fragen gar nicht beschäftigt habe.
Eine solche Behauptung müſste entweder in einer
gänzlichen Unbekanntschaft mit den Fortschritten
des philosophischen Geistes oder in einer unge-
rechten Verkennung fremder Verdienste ihren
Grund haben. Ich behaupte nur, daſs der menschliche Geist seinen Blick nicht fest genug auf jene
Grunderkenntnisse gerichtet, daſs er nicht einen
so thätigen Antheil an der Auflösung jener Probleme genommen, nicht anhaltend genug darüber
philosophirt, nicht mit eben der Anstrengung, die
er sich bei Aufbauung des Gebäudes kosten lieſs,
nach einem sichern Resultat über die Natur seines
Bodens, des Wesens, der zu errichtenden Wissenschaft, des Rechts, seines Grundes und seines
Grundsatzes gerungen hat. Und von der Wahrheit dieser Behauptung wird sich gewiſs ein jeder
Unpartheiischer überzeugen können, der auch
nur einen flichtigen Blick auf das Feld des Naturrechts

rechts und die Bemühungen der Forscher in demselben geworfen hat.

Es ist daher Bedürfnifs für die Wissenschaft
der Vernunftrechte, dafs die philosophirende Vernunft die Errichtung des Gebäudes auf einige Zeit
bei Seite lege, ihren Blick auf ein minder bearbei-
tetes Feld richte und durch allgemeingültige Auflösung jener Probleme sich einen festen und halt-
baren Boden zu erringen suche. Die Principien
sind die Bedingungen alles gründlichen Philosophi-
rens in dem Naturrecht. Sie sind der Punkt, von
dem wir ausgehen müssen, wenn unser Gebäude
der Menschenrechte wahre Feſtigkeit erhalten und
die Vernunft auf diesem Gebiete menschlicher
Erkenntnifs sichere Schritte zur Vollendung thun
soll. So lange der menschliche Geist noch über
diese Grunderkenntnisse mit sich uneinig ist, so
lange er sich nicht mit all seiner Energie auf die
Durchforschung jener Probleme hinlenkt, so lange er nicht die Uneinigkeit der Selbstdenker über
diese Gegenstände zu schlichten und den Frieden
in den Principien herbeizuführen sucht, und wirklich herbeigeführt hat, so lange wird das Naturrecht ein Tummelplatz der Partheien seyn, so lange

ge wird es den Angriffen und Neckereien des
Skepticismus ausgesetzt bleiben müssen, so lange
werden wir zwar viele Naturrechte, aber kein
einziges Naturrecht aufzuweisen haben. Eine
Kritik des Rechts, welche sich ausschliefsend
mit der Untersuchung und Auflösung jener Probleme beschäftigt, und darum dieses Namens nicht
unwürdig ist, kann daher nicht anders, als hohes
Bedürfnifs seyn, und ein blofser Versuch derselben, wenn er auch noch weit von der Vollendung
entfernt wäre, müfste sich schon blos als Versuch
ein Verdienst um das Naturrecht, und dadurch um
die Menschheit selbst erwerben.

Einen solchen Versuch lege ich hier den Den-
kern und Freunden der Wahrheit vor. In dem
ersten Theile deducire ich den Begriff von
einer Vernunftrechtswissenschaft. In dem zweiten Theile prüfe ich die verschiedenen Dedu-
ctionen des Rechts und seiner Begriffe. In dem
dritten lege ich meine eignen Ueberzeugungen
über diese Gegenstände nieder.

Die

Die Frage über den Grundsatz des Naturrechts glaubte ich von einer Kritik des Rechts
ausschliefsen, und in eine Metaphysik des
Rechts, welche die Grundsätze und Pradikate des
Rechts aufzustellen und zu entwickeln hat, ver-
weisen zu müssen.

———————

KRITIK

KRITIK DES RECHTS.

ERSTER THEIL.
Beſtimmuug des Begriffs : Naturrecht.

ERSTER ABSCHNITT.
Deduction des Begriffs des Naturrecht.

Nichts ist bei der Errichtung einer Wissenschaft
überhaupt, vorzüglich aber einer Vernunftwissen-
schaft von gröfserer Wichtigkeit, als die genaue
Bestimmung ihres Begriffs Wir müssen genau
und beſtimmt wissen, was wir zu erreichen haben,

wir

wir müssen den Gegenstand der Wissenschaft, ihr
Gebiet und ihren Umfang kennen, wenn unser
Forschen nicht ein blindes Herumtappen seyn soll.
Dies gilt von jeder Art der Erkenntnisse, am meisten philosophischer Erkenntnisse. Bei empirisch
gegebenen Wissenschaften, z. B. der Geschichte,
der Jurisprudenz, der Medicin u. s. w. bedürfen wir
freilich auch eines bestimmten Begriffs der Wissenschaft, wenn wir unserm Gebäude wirkliche Einheit und Harmonie ertheilen, nichts Fremdartiges
aufnehmen und nichts Einheimisches ausschliefsen
wollen. Gleichwohl können solche Wissenschaften, ihrem Inhalte nach, in der gröfsten Vollkommenheit vorhanden seyn, wenn auch ein vollendeter Begriff, von welchem, als einem Princip
die Form und der Umfang derselben abhängt,
noch nicht aufzuweisen wäre. Wo aber die sich
überlassene Vernunft, nicht blos die Form, sondern auch den Inhalt bestimmen mufs, da kann
sie ohne Gefahr die gröfsten Misgriffe zu thun,
sich auf keine Weise des Geschäfts entschlagen,
nach einem vollendeten Begriffe der zu errichtenden Wissenschaft zu ringen.

Das

Das Naturrecht hatte aus leicht begreiflichen
Ursachen unter allen philosophischen Wissenschaften am spätesten das Glück zu einer einigermafsen
beftimmten Idee zu gelangen. Bald wurde es mit
der Moral, bald mit der Politik, bald mit der
Philosophie des positiven Rechts verwechselt, und
mufste es daher erfahren, dafs die Lehrgebäude,
die man von ihm aufstellte, sich mehr seinen Namen anmafsten, als ihn wirklich verdienten und
seine Pfleger, die nur entweder einen schwanken-
den, unbestimmten, und mehr gefühlten als deutlich gedachten, oder aber einen zwar deutlich gedachten, aber unwahren Begriff von der Wissenschaft der natürlichen Rechte zum Führer hatten,
sich in ihren Untersuchungen verwirrten, und das
Naturrecht mehr von seinem Ziele entfernten, als
es demselben näher brachten.

So wie aber die Begriffe von der Moral, der
Politik und anderer an das Naturrecht grenzender
Wissenschaften, an Bestimmtheit und Richtigkeit
gewonnen, so mufste auch der Begriff dieser Wissenschaft zu einer gröfsern Vollkommenheit gedei-
hen, und das festere Fortschreiten derselben
möglich machen. Die Selbstdenker unsres Iahrzehends

zehends sind zum gröfsten Vortheile dieser Wissenschaft darüber einig geworden, dafs das Naturrecht, als für sich bestehende Wissenschaft, sowohl von der Moral, als auch von der Politik, von der positiven Rechtswissenschaft und der Philosophie über dasselbe durchaus getrennt werden müsse, und sich sowohl in seinen Principien, als auch in den durch sie begründeten Lehrsätzen von allen jenen angränzenden Feldern der Erkenntnifs unterscheide.

So einstimmig man aber auch darüber ist, dafs die philosophische Rechtslehre, eine von den obgenannten Wissenschaften verschiedene und für sich bestehende Wissenschaft seyn müsse, so uneinig ist man doch noch über den Punct, wie und wodurch diese Unterscheidung zu bestimmen sey, und nichts läfst uns mit gröfserer Wahrscheinlichkeit das noch nicht Vorhandenseyn des Naturrechts, als Wissenschaft, und allgemeingültiger Principien derselben vermuthen, als diese Erscheinung, die vor allen Dingen unsre Aufmerksamkeit verdient und eben so gewifs ist, als die Streitigkeiten der Rechtslehrer über das Princip und Fundament ihrer Wissenschaft. Weit

ent-

entfernt also, die Untersuchungen der Philosophen über diesen Gegenstand für abgeschlossen
halten zu dürfen, müssen wir vielmehr, im gerechten Mistrauen gegen die allgemeingültige Bestimmung des Begriffs von dem Naturrechte, die
hierüber vorhandenen Urtheile einer strengen Prüfung der Vernunft unterwerfen, und nach einem
sichern Wege suchen, auf dem wir hierin zum
Ziele gelangen können. Das Auffinden dieses We-
ges, und jene Prüfung ist nun der Gegenstand
dieser Abhandlung.

Der gemeine Menschenverstand, in wie ferne
er der philosophirenden Vernunft entgegengesetzt
wird, ist in der Philosophie selbst von gar keinem Gebrauch. Diese, wenn sie nichts ihrer Würde
vergeben, und aufhören will, Philosophie zu seyn,
muſs alle ihre Urtheile und Sätze aus Gründen,
und zwar aus den möglichst letzten Gründen deduciren, während der gemeine Menschenverstand,
ohne sich der Gründe bewuſst zu seyn, aus un-
mittelbaren Beziehungen seine Urtheile fället.
Gleichwohl aber ist er für die Philosophie, und
vor derselben von der gröſsten Wichtigkeit, und
jener kann diese eben so wenig entbehren, als dieser

ser jene entbehren kann, Von dem gemeinen Menschenverstande nämlich muſs alle Philosophie a u s-
g e h e n, und auf ihn müssen alle ihre Untersuchungen a b z i e l e n. Er muſs der philosophirenden Vernunft den Stoff zur Bearbeitung vorlegen,
und ihr die Probleme aufgeben, die sie zu lösen
hat.

Es giebt gewisse allgemein interessante Gegenstände, die sich jedem Menschen aufdrängen, und
über welche der gemeine und — welches wohl zu
merken ist — g e s u n d e Menschenverstand nur
e i n e Stimme hat. So wird der roheste Mensch,
wenn nur sein moralisches Gefühl nicht durch
äuſsere Ursachen unterdrückt oder verschroben
worden ist, die Fragen übei das Daseyn der Pflichten einer Gottheit und der Unsterblichkeit unseres
Geistes mit ja beantworten, und er hat für diese
Urtheile keinen andern Grund, als ein unmittelbares Gefühl, das ihn so und nicht anders zu urtheilen nöthiget. Die Vernunft aber, die nur nach
Gründen urtheilt, und ihrer Natur gemäſs, urtheilen muſs, nimmt diese Gefühle in Anspruch. Sie
fragt nach Gründen für dieselben, und bezweifelt,
so lange als das Gegentheil noch nicht erwiesen
ist,

ist, die Realität derselben. Diese Gründe für die
Realität der Urtheile des gemeinen Menschenverstandes, können aber nicht in den Gefühlen selbst
gefunden werden; wir dürfen nicht sagen, unsere
Gefühle haben Wahrheit, darum, weil wir es füh-
len; — denn dies ist es ja eben, was die Vernunft
bezweifelt und in Anspruch nimmt. Wir müssen
daher über die Gefühle hinausgehen, und durch
höhere Gründe die Wahrheit derselben gegen die
Angriffe des Skepticismus zu retten suchen. Dies
ist aber nur dadurch möglich, dafs wir der raison-
nirenden Vernunft, die Probleme, welche sich
schon der gemeine Verstand beantwortet hat, zur
Auflösung vorlegen und von dieser eine Rechtfertigung der Gefühle zur Pflicht machen *).

So

*) Die gesammte Philosophie geht von dem ge-
meinen Menschenverstande aus und hat die
Beantwortung ihrer Probleme zum Ziel. Dieser Zweck beftimmt der Philosophie ihren
Gegenstand und erhebt sie zu einem vollständigen (in der Idee) geschlossenen Ganzen.
Die Philosophie nämlich hat die Frage zu beantworten: welches sind die Pflichten? welches die Rechte? welches die Hoffnungen des
Menschen? Die durchgängig befriedigende
Antwort auf diese Fragen ist aber nicht an-

So geht die philosophirende Vernunft von
dem gemeinen Menschenverstande aus, erhält von
ihm

ders möglich, als nach einer vollständigen Er-
forschung des menschlichen Gemüths. Mithin ist das menschliche Gemüth der Gegenstand, die Auflösung jener Fragen und eine
durch diese Fragen bewirkte Befriedigung der
Forderungen des gemeinen Menschenverstandes, Zweck der Philosophie. — Mehrere
unserer neuern Denker verwechseln das Denken mit dem Philosophiren. So sagt
Maimon: Philosophiren heifst Einheit in das
Mannigfaltige der Erkenntnisse bringen. Auf
diese Weise aber kann die Philosophie kein
Ganzes seyn, und es ist unmöglich von einer
Philosophie als Wissenschaft zu reden. Denn
da jedes Mannigfaltige der Erkenntnisse Einheit erhalten, da ich über jeden Gegenstand
denken kann, so ist alles, was nur immer
Gegenstand meines Erkenntnisses zu werden
vermag, Gegenstand der Philosophie. Diese
Wissenschaft kann denn keinen bestimmten
Gegenstand, kein bestimmt abgemessenes Gebiet haben — Bedingungen, ohne welche eine
Wissenschaft nicht existiren kann. Nur durch
einen bestimmten Zweck und einen durch die-
fen bestimmten Gegenstand kann Philosophie
ein Gebiet haben und in die Reihe der Wis-

ihm die Fragen, die sie zu beantworten, den Stoff,
den sie zu bearbeiten hat, und erfüllt nur dann
ihre Pflicht, wenn sie die Aussprüche der Gefühle
vor ihrem Richterstuhle zu rechtfertigen vermag.
Entfernet sie sich in ihren Resultaten von dem gemeinen Menschenverstande, löst sie die Probleme
entweder gar nicht, oder löst sie dieselben den
Gefühlen widersprechend, so haben diese das
Recht im ersten Fall auf Rechtfertigung ihrer Realität, oder auf einen Beweis der Nicht-Realität zu
dringen, und im letzten Falle, zwar nicht ihre
Aussprüche über die Aussprüche der Vernunft zu
setzen, aber doch auf neue Untersuchungen zu
dringen, und mit ihren Anforderungen an dieselbe
nicht eher zu ruhen, bis ihre Resultate mit denen
der Vernunft in Harmonie stehen und ihre Aussprüche gegen den Skepticismus gerechtfertigt
sind.

Welches ist nun das Problem, das der gemeine Menschenverstand in Betracht einer zu realisirenden Wissenschaft der Vernunftrechte, der philosophirenden Vernunft vorlegt? —
Nebst

senschaften gehören. Nur durch diesen Zweck
und Gegenstand kann auch das Philosophiren
vom Denken unterschieden werden.

Nebst dem Bewufstseyn unserer Pflichten haben wir auch das Bewufstseyn von Rechten, welche sich dadurch von jenen unterscheiden, dafs bei ihnen der Wille losgelassen, und die Möglichkeit zum Zwange selbst gegen vernünftige Wesen mit ihnen verbunden ist. Ich bin mir unmittelbar bewufs, dafs niemand das Recht haben kann, mich in der Ausübung meines Rechts zu stören und ich im Gegentheil das Recht habe, alles zu thun, wodurch ich nicht den andern in der Ausübung seiner Rechte kränke. Ich bin mir ferner bewufstt, dafs ich einen jeden, der mich in meinen Rechten kränken will, durch physische Gewalt abhalten, und die Realisirung meines Rechts auf alle mir nur immer mögliche Weise sichern darf. — Die Reflexion über meine Gefühle, sagt mir endlich, dafs diese Rechte nicht durch die positiven Gesetze des Staats, in dem ich lebe, allein vorhanden sind, dafs ich sie auch dann haben würde, wenn kein Staat existirte. Ich habe Rechte, selbst wider den Staat; ich habe das Recht von ihm zu fordern, dafs er mich nicht in meinen Rechten kränke; dafs er mich gegen die wirklichen, oder möglichen Kränkungen von Seiten meiner Mitbürger in Schutz nehme u. s. w. Ich habe daher nicht

allein

allein das Bewuſstseyn von Rechten schlechthin,
sondern bin mir auch solcher Rechte bewuſst, die
aus einer andern Quelle als den Gesetzbüchern
des Staats entsprungen sind. Das Daseyn dieser
Rechte soll aber gerechtfertiget werden; ich kann
bei den Aussprüchen des gemeinen Menschenverstandes und der Reflexion über die mir durch das
Gefühl vorgelegten Rechte nicht stehen bleiben;
und muſs also der philosophirenden Vernunft die
Frage vorlegen: — 1) giebt es überhaupt
Rechte? täuscht mich nicht das Gefühl über das Vorhandenseyn nicht-
positiver und in so ferne natürlicher
Rechte? — 2) täusche ich mich nicht
bei Bestimmung einzelner Rechte, ist
das, was ich durch mein bloſses Gefühl geleitet für ein Recht halte, wirklich ein Recht? oder mit andern Worten:
welches sind die natürlichen Rehte?

Die Wissenschaft, welche diese Fragen beantwortet, heiſst, da sie Rechte zum Gegenstande
hat, eine Rechtswissenschaft, und, in wie
ferne diese Rechte nicht aus dem positiven Gesetzen des Staats herflieſsen, Naturrecht, oder
phi-

philosophishe Rechtslehre, in wie ferne
aber die Rechte, welche sie zum Gegenstande hat,
theils durch Vernunft gegeben sind, theils durch
Vernunft erkannt werden, Vernunftrechtswissenschaft.

Nach dem bisher Gesagten kann es uns nicht
schwer fallen, den Begriff des Naturrechts zu bestimmen. Das Naturrecht soll 1) Rechte 2)
nicht durch den Staat vorhandene
Rechte lehren. Der vorläufige Begriff des
Naturrechts wäre also der: Naturrecht ist
die Wissenschaft, der nicht durch
den Staat vorhandenen Rechte.

Dieser Begriff aber ist blos ein vorläufiger,
zwar bestimmbarer, aber noch nicht bestimmter
Begriff. Er erhält seine völlige Bestimmtheit erst
dadurch, dafs wir den vorerst negativ bestimmten
Gegenstand des Naturrechts, nun auch positiv bestimmen.

Das Naturrecht ist eine philosophische Wissenschaft, die Rechte, welche sie zum Gegenstand
hat, sollen durch Vernunft erwiesen werden. Das
Objekt

Objekt des Naturrechts ist ein durch Vernunft er-
kanntes Objekt, und das erste positive Merkmal des in dem Naturrecht vorkommenden Rechts
bestehet darin, dafs es durch Vernunft erkannte
Rechte sind. — Diese Rechte aber sind, wie in
dem Naturrecht erwiesen wird, durch Vernunft wirklich gegeben, die Vernunft ist das
principium eſſendi derselben. Das zweite Merkmal der dem Naturrecht zum Objekt gesetzten
Rechte besteht also darin, dafs diese Rechte auch
durch Vernunft gegeben sind.

Das Naturrecht wäre demnach die Wissenschaft der durch Vernuft gegebenen,
und durch Vernunft erkannten Rechte des Menschen.

Dieser Begriff des Naturrechts rechtfertiget seine Wahrheit und Bestimmtheit schon dadurch,
dafs durch ihn, wenn er gehörig in seinen Merkmalen bestimmt und entwickelt worden, eine strenge Unterscheidung dieser Wissenschaft von allen
andern verwandten Wissenschaften möglich ist,
und die Grenzlinien des Gebiets der Vernunftrechtswissenschaft von allen angrenzenden Ge-
bie-

bieten der menschlichen Erkenntnifs, mit der
schärfsten Beftimmtheit gezogen werden können. Durch ihn tritt das Naturrecht in seiner
Würde, als für sich bestehende Wissenschaft auf;
durch ihn ist das Feld desselben genau abgemes-
sen, und alle Verwechselung der Grenzen unmöglich, denn es wird vermittelst desselben die philosophische Rechtslehre, vorausgesetzt, dafs er gehörig verstanden und entwickelt werde, von der
Moral und dem positiven Rechte, von der Politik
und der Philosophie des positiven Rechts, genau
unterschieden.

Eine Wissenschaft kann sich von andern Wissenschaften nur durch zwei Dinge unterscheiden,
entweder durch ihre Form, oder durch ihren
Inhalt. Die Form einer bestimmten Wissenschaft nenne ich die individuelle Art, durch welche ihr Gegenstand erkannt wird; der Inhalt aber,
wird durch den Gegenstand der Wissenschaft bestimmt, der das Gebiet der Wissenschaft ausmacht.
Eine Wissenschaft nun ist eine besondere für sich
bestehende Wissenschaft, wenn sie sich von andern
entweder durch ihre Form, oder durch ihren Inhalt, oder durch beide zugleich unterscheidet.

Hat

Hat sie mit irgend einer andern Wissenschaft Form und Inhalt gemein, so ist sie keine besondere Wissenschaft und vielleicht dem Namen, aber nicht der Sache nach, von der andern unterschieden. Mathematik würde keine von der Philosophie abgesonderte Wissenschaft seyn, wenn sie sich nicht durch ihre Form von ihr unterschiede. Jene hat wie diese das a priori in dem menschlichen Gemüthe bestimmt zum Gegenstande; aber sie tritt als eigne Wissenschaft auf, da sie ihre Begriffe construirt, während Philosophie sich nur allein mit Begriffen beschäftiget. Transcendentale Psychologie wäre mit der empirischen eine und dieselbe Wissenschaft, da sie beide das menschliche Gemüthe zum Gegenstande haben, wenn nicht jene ihre Lehrsätze aus reinen Principien a priori, diese aber aus der Erfahrung herleitete. ___ So ist es mit allen Wissenschaften beschaffen, wenn sie wirkliche für sich bestehende Wissenschaften seyn sollen. Entweder ihre Form, oder ihr Inhalt, oder beide zugleich müssen den Unterschied bestimmen und es giebt sonst nichts, wodurch sie sich den Rang einer abgesonderten Wissenschaft anmaßen könnten. Wodurch wird nun der Unterschied des Naturrechts von andern verwandten

C   Wissen-

Wissenschaften bestimmt? Wodurch muß er bestimmt werden, wenn diese Wissenschaft realiter von andern unterschieden werden soll?

Unterschied des Naturrechts und der Moral.

Moral ist eine philosophische Wissenschaft, mithin eine Wissenschaft aus Begriffen. Auch das Naturrecht ist eine philosophische Wissenschaft, mithin muß auch sie eine Wissenschaft aus Begriffen seyn. Die Form also haben beide Wissenschaften gemein und können darum nur durch ihren Inhalt, d. h. ihren Gegenstand oder (mit andern Worten) ihr Gebiet als abgesonderte Wissenschaften auftreten. Haben sie durchgängig einen gemeinschaftlichen Gegenstand, oder sind sie zum Theil mit einander identisch, so können wir sie nur mit Unrecht von einander trennen. Sie sind dann eine und dieselbe Wissenschaft, wenn wir sie auch noch so künstlich von einander zu scheiden suchen. --- Wie ist nun der Unterschied des Naturrechts von der Moral, in Hinsicht auf den Inhalt möglich?

Moral

Moral ist die Wissenschaft 1) der natürlichen
Pflichten, und 2) des vom Sittengesetz (negativ)
bestimmten Erlaubtseyns. Das Naturrecht, als
abgesonderte Wissenschaft, darf daher weder 1)
Pflichten, noch auch 2) das durch das Sittengesetz
(negativ) bestimmte Erlaubtseyn zum Gegenstande haben.

Hufeland und andere glauben das Naturrecht von der Moral schon dadurch hinlänglich
geschieden zu haben, dafs sie diese Pflichten, jenes aber Rechte lehren lassen, und unter Rechten
nichts weiter als das Erlaubte, die durch das
Sittengesetz und die Pflichten negativ bestimmte
Freiheit verstehen. Aber weit entfernt, dafs dadurch die philosophische Rechtslehre von der Moral hinlänglich abgesondert würde, wird es vielmehr offenbar mit derselben vermengt und blos
dem Namen nach von ihm unterschieden. Die
Moral lehret keineswegs blos und allein Pflichten,
sie lehrt auch das Erlaubtseyn, in wie ferne es
durch das Sittengesetz vorhanden ist. Der Grundsatz der Moral heifst: Handle nach solchen
Maximen, die, als allgemeines Gesetz
gedacht, sich nicht selbst widersprechen.

chen, und von denen du wollen kannst,
dafs sie allgemeines Gesetz werden.
Zergliedern wir diesen Satz in seine Theile, so
erhellet, dafs durch ihn nicht blos die Pflichten,
sondern auch das Erlaubtseyn bestimmt wird.
Was als allgemeines Gesetz gedacht, sich selbst
widerspricht, ist vollkommen verboten;
die Handlung, deren Gegentheil, als allgemeines
Gesetz gedacht, sich widersprechen würde, ist
vollkommen geboten. Was nicht als allgemeines Gesetz gewollt werden kann, ist unvollkommen verboten; was aber als allgemeines
Gesetz gewollt werden kann, ist unvollkommen geboten. --- Eine Handlung aber, die
weder als allgemeines Gesetz gewollt, noch auch
nicht gewollt werden kann; die weder als allgemeines Gesetz gedacht, sich widerspricht, noch
auch deren Gegentheil als allgemeines Gesetz gedacht, sich widersprechen würde, ist absolut
erlaubt, d. h. nicht geboten und nicht verboten, mithin blos und allein der Willkühr überlassen. --- So wie das absolute Erlaubtseyn
durch den Grundsatz der Moral bestimmt wird,
so wird auch das relative Erlaubtseyn,
durch ihn bestimmt. Das relative oder bedingte
Erlaubt-

Erlaubtseyn nenne ich dasjenige Erlaubtseyn, welches durch eine wirkliche vorhandene Pflicht bestimmt wird, oder klärer gesagt, aus einer vorhandenen Pflicht entspringt. Was mir geboten ist, ist mir eben darum auch erlaubt, d. h. nicht verboten, in wie ferne mein, durch eine Pflicht bestimmter Wille auf der einen Seite (vermittelst des zu einer positiven oder negativen Handlnng vorhandenen Gebots) durch Nothwendigkeit bestimmt, auf der andern aber durch das Nichtvorhandenseyn eines meiner Willen in dieser gebotenen Handlung beschränkenden Verbots; mein Wille für diese bestimmte Handlung frei gelassen wird. In dieser durch die Pflicht negativ bestimmten, aber bedingten und blos relativen Freiheit, besteht nun das von mir sogenannte relative Erlaubtseyn, welches analytisch, nach dem Satze des Widerspruchs aus jeder Pflicht erfolgt und nur dadurch vorhanden ist, dafs wir die Function der Vernunft, durch welche sie verbietet, von gewissen durch ein Gebot bestimmten Handlungen, abstrahiren. -- Bestimmt nun der Grundsatz der Moral Pflichten, so bestimmt er auch eben dadurch das relative Erlaubtseyn, welches durch die Pflicht und mit derselben gegeben ist. Sagt die

die Moral: Du sollst, so sagt sie auch eben dadurch: Du darfst. Denn der Satz: ich darf, weil ich soll, ist ein analytischer Satz, und ein Sollen, ohne ein Dürfen (in dem oben bestimmten Sinne,) ist undenkbar.

Der Grundsatz der Moral ist daher entweder kein adäquates Princip (principium adaequatum, domesticum), oder aber das Naturrecht muß etwas anders, als ein bloßes Erlaubtseyn zu seinem Gegenstande haben. Besteht das Recht, welches das Objekt dieser Wissenschaft seyn soll, in weiter nichts, als in diesem Erlaubtseyn, so ist Naturrecht keine abgesonderte Wissenschaft, so ist es nichts weiter, als ein Theil der Moral, und hat mit ihr zum Theil einerlei Gebiet und einerlei Gränzen. Das Naturrecht darf weder Pflichten, noch auch das Erlaubtseyn, zum Gegenstande haben, das Recht muß von dem durch das Sittengesetz bestimmten Erlaubtseyn, das rechtlich - mögliche von dem moralisch - möglichen verschieden seyn, oder wir müssen aufhören Systeme des Naturrechts zu erlauben *). --- Ob eine solche Wissen-

*) Ein scharfsinniger Freund sagte mir neulich sehr weise: wenn das Naturrecht nur das

senschaft der Rechte möglich sey, hängt von der
Frage ab: Ob *Rechte* möglich und wirklich sind? Und diese Frage wird weiter unten
beantwortet werden, wodurch der hier gegebene
Begriff des Naturrechts seine volle Rechtfertigung
und seine ausführliche Deutlichkeit erhalten wird.

Unterschied des Naturrechts und des positiven Rechts.

Die positive Rechtslehre ist die Wissenschaft der durch den allgemeinen Willen einer bestimmten bürgerlichen
Gesellschaft bestimmten Rechte. Es
hat mit dem Naturrecht das gemein, daß es, wie
dieses, Rechte zum Gegenstande hat. Wodurch
aber wird die philosophische Rechtslehre von der
positiven verschieden? —

Durch

lehrt, was erlaubt ist, so soll mich eine Theorie dieser Wissenschaft kein großes Kopfbre-
chen kosten. Ich nehme ein Blatt Papier und
schreibe darauf: Naturrecht. Siehe die
Moral,„ Nun ist mein ganzes System fer-
tig. —

Durch die blofse Form ist die Unterscheidung
unmöglich. Denn wäre dies, so müfste die Art,
wie einer und derselbe Gegenstand erkannt wird
in beiden verschieden seyn, und da die Grundsätze des positiven Rechts a posteriori herausgebracht
und höchstens durch Abstraktion des in der Erfahrung durch den allgemeinen Willen bestimmten erzeugt werden, so müfste die philosophische
Rechtslehre, wenn sie als abgesonderte Wissenschaft auftreten wollte, eben dieselben positiven
und blos durch Erfahrung vorhandenen Grundsätze, a priori herausbringen, und sich mithin dadurch von jener unterscheiden, dafs sie philosophische, jene aber blos historische Erkenntnifs ge-
währte. Da es aber unmöglich ist, dafs blos und
allein von der Erfahrung abhängige (wie z.B. hier
Gesetze und Rechte, welche von den nur a posteriori Aeufserungen des allgemeinen Willens abhan-
gen) a priori zu demonstriren, so kann sich das Naturrecht von der positiven Rechtswissenschaft auf
keine Weise durch die blofse Form unterscheiden.
Die Materie selbst mufs zugleich den Unterschied
bestimmen. Das Naturrecht kann demnach nicht
positive von dem bestimmten allgemeinen Willen
eines concreten Staats abhängige Rechte lehren,

son-

sondern es muß, da es Rechte zum Gegenstande
hat und doch eine von der positiven Rechtswissenschaft abgesonderte Wissenschaft seyn soll, solche
Rechte lehren, welche nicht durch den
Staat gegeben sind, und welches in der Propädeutik der philosophischen Rechtslehre erwiesen
wird, durch die vernünftige Natur des Menschen allein ihr Daseyn erhalten haben.

Unterschied des Naturrechts von der Politik und der Philosophie des positiven Rechts.

Wir haben bisher gezeigt, welches der Gegenstand des Naturrechts seyn müsse, wenn es
eine von der Moral und dem positiven Rechte
verschiedenen Wissenschaft seyn soll. Es wird
uns nun leicht seyn zu zeigen, wie sich das Naturrecht von diesen beiden hier genannten Wissenschaften wirklich unterscheide.

Politik ist die Wissenschaft der
tauchlichsten Mittel zum Zweck des
Staats. Sie unterscheidet sich daher von dem
Naturrecht 1) in Hinsicht auf die Form, dadurch,
daß

dafs sie eine empirische Wissenschaft ist, während
das Naturrecht, als Wissenschaft der durch
Vernunft erkannten Rechte, nur eine Ver-
nunftwissenschaft aus Begriffen seyn kann. Mittel
zu was immer für einen Zweck können nur a
priori, durch den von Erfahrung geleiteten Verstand, gefunden werden. Staatsklugheit also, als
Wissenschaft der Mittel zu Erreichung des von der
Vernunft a priori gesetzten Staatszweckes kann
nur eine empirische, eine auf Erfahrung gebaute
Wissenschaft seyn, diese Erfahrungen mögen nun
entweder aus den Erscheinungen des menschlichen
Geistes, oder aus den Datis der Geschichte geho-
let werden. Das Naturrecht aber ist eine Ver-
nunftwissenschaft, sie holt ihre Sätze nicht erst
aus der Erfahrung her, sie leitet.sie aus reinen
Grundsätzen a priori ab. --- Es unterscheidet
sich 2) das Naturrecht von der Politik durch seinen Inhalt. Die Mittel zum Zweck des
Staats machen den Gegenstand der Politik, die
Rechte des Menschen, als Zweck des Staats den
Gegenstand des Naturrechts aus. Das Naturrecht
hat es mit den Rechten selbst, die Politik (mittelbar oder unmittelbar) mit dem Schutz der Rechte
zu thun; das Naturrecht schreibt der Politik den

be-

bestimmten Zweck vor, auf den sie hinzuwirken
hat; diese giebt die Mittel an, durch welche die
Menschenrechte zur Wirklichkeit übergehen können; diese unterstützt jene in der Theorie; jene
aber diese in der Praxis.

Philosophie des positiven Rechts besteht in
der Prüfung der Rechtmäfsigkeit und Zweckmä-
fsigkeit, der in einen bestimmten Staat vorhandenen positiven Gesetze. Sie setzt das Naturrecht
und die Politik voraus, und ist eine angewandte
Wissenschaft von beiden. Das Naturrecht ist eine
selbstständige Wissenschaft, und hat es nicht mit
Anwendung der natürlichen Rechtslehren, oder
den Grundsätzen der Politik, sondern mit den natürlichen Rechten selbst, mit dem Beweis ihres
Daseyns überhaupt und der Deduction der besondern Menschenrechte zu thun.

––––––––––

Wir haben unsern Begriff von einer philosophischen Rechtslehre aus den Ansprüchen des gemeinen Menschenverstandes an die philosophirende
Ver-

Vernunft deducirt, und ihn durch Vergleichung mit den Begriffen von andern Wissenschaften vor der Hand gerechtfertiger. Das Naturrecht muſs diese Merkmale haben, wenn es die Anforderungen des gemeinen Menschenverstandes gehörig be friedigen und die ihm von demselben vorgelegten Fragen beantworten will; es muſs endlich so beschaffen seyn, wenn es als eigne Wissenschaft, von den ihm am nächsten liegenden Gebieten der menschlichen Erkenntniſs, nämlich der Moral und dem positiven Rechte geschieden werden soll. Gleichwohl könnte man bei den noch nicht bestimmten Begriffen von dem Recht und seinen Principien, die durchgängige Vollständigkeit unsers Begriffs sehr leicht in Anspruch nehmen, und ihm die gewöhnlichen Begriffe von dem Naturrecht, als einer Wissenschaft der äuſsern Rechte, der Zwangsrechte u. s. w. entgegenstellen, oder aber wenn man unsre Deduction selbst aus was immer für Gründen für unzulässig erklärte, das Recht überhaupt als Gegenstand der Vernunftrechtswissenschaft in Anspruch nehmen. Ich gehe demnach zu einer Prüfung schon vorhandener Begriffe über.

ZWEI-

ZWEITER ABSCHNITT.

Prüfung der bisherigen wichtigsten Begriffe von dem Naturrechte.

———

1.

Ist Naturrecht die Wissenschaft der Zwangsrechte.

Nichts ist gewöhnlicher bei Bestimmung des Begriffs: Naturrecht, als die Behauptung, daſs das Naturrecht nicht blos Rechte, sondern Z w a n g s - r e c h t e lehren müsse, eine Behauptung, die, so sehr sie auch beim ersten Anblick Wahrheit zu haben scheint, doch, sobald wir sie etwas genauer betrachten, sich in ihrer Blöſse zeigt, und, wenn die Naturrechtslehrer ihr mit mehr Consequenz nachgegangen wären, die philosophische Rechtslehre weiter, als man glauben sollte, von ihrem Ziele hätte abführen können *).

Um

———

*) Dieser Begriff des Naturrechts hat seinen Ursprung der Herleitung des Rechts aus der Pflicht des Andern zu verdanken. Hier fragte

Um aber diesen Begriff gehörig prüfen zu können, müssen wir uns erst die Frage beantworten: was wir uns bei demselben zu denken haben? Der Ausdruck: Zwangsrecht ist zweideutig, und heifst entweder ein Recht, den andern nach Naturgesetzen zu behandeln, oder ein Recht überhaupt, in wie ferne dasselbe, um wie Hufeland *) zu reden, mit einem Recht zum Zwange verbunden ist.„

Soll das Naturrecht Zwangsrechte in dem ersten Sinne lehren — wie dies offenbar die Absicht mehrerer Philosophen ist — so wird es auf eine zu enge Sphäre eingeschränkt, und nur der kleinste Theil von dem, was in den Lehrbüchern des Naturrechts gewöhnlich vorgetragen wird, verdient den Namen dieser Wissenschaft. Gewifs ist es, dafs nicht alle Rechte Zwangsrechte sind, dafs das

man: welche Pflichten darf ich erzwingen und wie weit darf ich sie erzwingen? — Nichts ist daher natürlicher, als dafs man das Naturrecht zur Wissenschaft der Zwangsrechte, oder wie Ulrich will, der äufsern Gränzen des Zwanges machte.

*) Naturrecht n. A. §. 28. n. 2.

das Recht überhaupt als Gattung, das Zwangsrecht nur als Art unter sich enthält und der gröfste Theil der Rechte, welche unter dem Rechte
überhaupt enthalten sind, aus Nichtzwangsrechten
bestehet. Mit welchem Rechte nun wollen wir die
Nichtzwangsrechte aus dem Naturrechte ausschliefsen? Ist das Naturrecht, wie doch selbst die Vertheidiger jener Behauptung zugeben, Wissenschaft
der natürlichen Rechte, so mufs es alle Rechte lehren, die durch die Vernunft vorhanden sind, es
mufs weder blos Nichtzwangsrechte, noch auch
Zwangsrechte allein lehren, und diejenigen geben
einen zu engen Begriff von demselben, welche es
uns durch die Wissenschaft der Zwangsrechte bestimmen, und unter Zwangsrechten eine besondere
Art von Rechten verstehen. —

Wollen sie aber die Lehren von den Zwangsrechten als eine besondere Wissenschaft abhandeln,
für die Nichtzwangsrechte eine eigne Wissenschaft
bestimmen, und für jene den Namen Naturrecht
allein aufbehalten, so wäre in Betracht der Rechtmäfsigkeit eines solchen Verfahrens folgendes wohl
zu erwägen. — 1) Macht die Lehre von den Zwangsrechten nur einen sehr kleinen Theil der Rechtslehre

lehre aus, und es würde sich durchaus nicht der
Mühe verlohnen, für sie eine besondere Wissenschaft zu errichten. Es kommt alles auf Bestimmung des Rechts überhaupt und der Nichtzwangsrechte an. Wir wollen wissen, was wir überhaupt
für Rechte 'als Menschen haben, und wissen wir
dies, so wissen wir auch, daß wir das Recht haben, diese Rechte mit Gewalt durchzusetzen, und
zwar auf eine jede Weise, wodurch die Ausübung
unsrer Rechte möglich wird. Der Satz: Du hast
ein Recht zu jedem Zwange, welcher eine Bedingung der Ausübung deiner Rechte ist, ist der
Grundsatz der Zwangsrechte, aus dem sich alle
diese Rechte mit der größten Leichtigkeit deduciren lassen. Er bestimmt im allgemeinen die
rechtmöglichen Arten des Zwangs, und hiedurch
die allgemeinsten Zwangsrechte, die bei weitem
nicht eine so große Sphäre beschreiben können,
als daß man für sie eine besondere Wissenschaft
zu errichten brauchte, oder richtiger gesagt, deren viel zu wenig sind, als daß für sie eine besondere Wissenschaft errichtet werden könnte. 2)
Hängen die Zwangsrechte so innig mit den Nicht-
Zwangs-Rechten zusammen, daß eine Trennung
unmöglich, oder doch im höchsten Grade unna-
türlich

türlich ist. Zwangs - Rechte können auf keine
Weise unabhängig von Nicht - Zwangs - Rechten erwiesen werden; sie setzen das Daseyn von diesen
nothwendig voraus, und können ohne sie nicht
vorhanden seyn. Mit und durch Rechte überhaupt
sind auch Zwangsrechte gesetzt, diese sind absolut nothwendige Folge von jenen, und verhalten
sich zu ihnen wie Folge zum Grund und wie Wirkung zur Ursache. Jedes Recht begründet
Zwangsrechte, und mit dem Daseyn von jenen
sind auch diese gesetzt. Wir können sie daher
unmöglich aus einander reifsen. Sie sind innig
verknüpfte Theile des in dem menschlichen Geiste
vorhandenen Systems der Rechte.

Allein dies hat auch wirklich noch kein Naturrechtslehrer, so viele mir auch bekannt sind,
gewollt. Sie lehren insgesamt nicht blos Zwangsrechte, sondern auch Nicht-Zwangsrechte in ihrer
Wissenschaft; der Grundsatz, mit dem sie ihr
System begründen, ist wenigstens der Absicht
nach, auf Rechte überhaupt gerichtet, und man
sieht es ihrem ganzen Systeme nicht an, dafs es
den Begriff des Naturrechts als einer Wissenschaft
der blofsen Zwangsrechte an seiner Spitze hat ——

D   eine

eine Erscheinung, die ich mir nicht anders, als
dadurch erklären kann, dafs sie ihrem deutlich gedachten Begriff in der Anwendung desselben un-
treu geworden sind.

Soll das Naturrecht Zwangsrechte in der letztern Bedeutung zum Gegenstände haben, soll es
nur in so fern Zwangsrechte lehren, als mit jedem
Recht auch Rechte zum Zwange nothwendig verbunden sind, so scheint es, als wenn sich gegen
diese Behauptung nur wenig einwenden lasse.
Denn alsdenn wird nicht blos eine besondere Art
von Rechten dem Naturrechte zum Objekt gesetzt;
es umfafst dann so, wie nach unserer Bestimmung,
alle natürlichen Rechte, die Zwangsrechte, so wie
die Nichtzwangsrechte. Aus jedem Rechte entspringen Zwangsrechte, und selbst das eigentlich
so genannte Zwangsrecht ist wieder mit einem
Zwangsrechte verbunden. Wollen wir daher jedes
Recht, in wie ferne es mit einem Zwangsrechte
(in eigentlicher Bedeutung) verbunden ist, ein
Zwangsrecht nennen, so können wir wohl von
dem Naturrechte sagen, dafs es Zwangsrechte lehren müsse. Allein 1) geben wir hiedurch zu Mifs-
verständnissen Veranlassung, verwirren den Sprachgebrauch,

gebrauch, und legen ohne Grund zwei ganz verschiedenen Begriffen einerlei Namen bei. Der
Sprachgebranch bestimmt für die Rechte, welche
Zwang zur Materie haben, den Namen Zwangsrechte, für die Rechte, in wie ferne sie etwas an-
dres als Zwang zur Materie haben, den Ausdruck
N i c h t - Z w a n g s r e c h t e, für das Recht überhaupt als Gattung, den Namen R e c h t schlechthin. Mit welchem Rechte nun wollen wir der
Gattung den Namen der Art beilegen, da doch der
Sprachgebrauch für die Bezeichnung beider hinlänglich gesorgt hat? Wie wollen wir denn das
Zwangsrecht in eigentlicher Bedeutung bezeichnen,
wenn wir schon dem Recht im allgemeinen diesen
Namen beigelegt haben? Selbst Worte sind in der
Philosophie nicht gleichgültig. „Man glaubt zwar,
spricht Bako, die Vernunft führe die Herrschaft
über die Worte. Allein die Worte üben nicht
weniger ein Gegenrecht an dem Verstande aus."
a) — Erklären wir das Naturrecht durch die Wissenschaft der Zwangsrechte, und verstehen wir
unter diesen, Rechte, mit welchen ein Recht zum
Zwange verbunden ist, so könnte dies leicht die
Meinung veranlassen, als wenn es Rechte gäbe,
die nicht mit Zwangsrechten verbunden wären,

D 2   und

und das Naturrecht blos auf jene eingeschränkt
sey. Ist ein jedes eigentliches Recht, wie das
wirklich der Fall ist, mit einem Recht zum Zwange verbunden, wozu ist es denn nothwendig, jene Bestimmung zum Begriff des Rechts hinzufügen? Wir fügen eine Bestimmung zu einem Begriffe, wenn die Bestimmung das Prädikat ist, wodurch unser Begriff von andern Arten der Gattung
unterschieden werden kann. Giebt es nun etwa
Rechte, die nicht mit einem Recht zum Zwange verbunden wären, und sehen wir uns etwa
dadurch genöthigt, den Gegenstand des Naturrechts durch den Begriff des Zwangs zu determini-
ren? — Die so genannten unvollkommnen Rechte, die aus einer falschen Deduction des Rechts,
nämlich aus der relativen, die das Recht aus der
Pflicht des andern herleitet, entsprungen waren,
sind schon längst aus dem Gebiet der Rechte verwiesen und dieses Namens für durchaus unwürdig
erklärt worden. Jedes Recht begründet Zwangsrechte, darin besteht sein Wesen, ohne welches
es aufhört ein Recht zu seyn. Es kann kein Recht
durch Vernunft geben, ohne dieses Prädicat.
Wollten wir etwa sagen, die Hinzufügung dieser
Bestimmung erhöhe die Deutlichkeit des Begriffs,

in

in wie ferne durch dasselbe zugleich ein Merkmal des Merkmals dem Begriff beigefügt werde, so bemerke ich 3) dafs diese Vollständigkeit gerade ein Fehler ist, der wider die ersten Regeln einer Definition begangen wird. Eine Definition soll uns den deutlichen Begriff von einer Sache geben. Dazu gehört, dafs sie die innere und nothwendige Merkmale, welche in dem zu bestimmenden Begriffe enthalten sind, und wodurch der Gegenstand von andern unterschieden ist, mithin die nächste Gattung und den nächsten Unterschied angebe. Es wird daher zu einer Definition nichts weiter gefordert, als dafs die in dem Begriffe dunkel gedachten Merkmale klar werden. Machen wir die Merkmale der Merkmale klar, so machen wir die Merkmale deutlich, und unser Begriff gelangt zu einer ausführlichen Deutlichkeit, die, wenn sie in der Definition selbst vorkommt, dem eigentlichen Charakter derselben zuwider ist, da sie nicht einen ausführlich-deutlichen, sondern blos einen deutlichen Begriff zum Zweck und blos Merkmale des Subjekts, nicht aber Merkmale der Merkmale anzugeben hat. Die ausführliche Deutlichkeit gehört nicht für die Bestimmung selbst; sondern für die Entwickelung derselben. — Wir

irren

irren daher sehr, wenn wir dadurch, dafs wir mit
dem Begriffe des Rechts, als einem Merkmale des
Natur - Rechts, schon ein Merkmal verknüpfen,
das in ihm enthalten ist, (nämlich das Merkmal,
dafs jedes Recht Zwangsrechte begründe), unsrem
Begriff von dem Natur-Recht eine lobenswürdige
Vollständigkeit zu geben hoffen. Der Satz, jedes
Recht ist ein Zwangsrecht, der den Ausdruck
Zwangsrechte (im uneigentlichen Sinne) in sich
enthält, kann zu einer Entwickelung des Begriffs: Naturrecht, nicht aber zu einer Bestimmung
desselben gehören, und ist ganz aufserwesentlich
bei der blofsen Deutlichkeit des Begriffs, welche
allein uns eine Definition gewähren soll.

2.

Ist Naturrecht die Wissenschaft der äufsern Rechte?

Das Naturrecht ist eine mit der Moral so innig
verwandte Wissenschaft, die Begriffe des Rechts
sind mit denen des Erlaubten, die Begriffe des
rechtlich - möglichen, mit denen des moralisch-
möglichen, so scheinbar identisch, dafs ohne vor-
her-

hergegangene mühsame Versuche, die Verwechselung des Natur-Rechts mit der Moral eine beinahe
unausbleibliche Verwirrung der philosophlrenden
Vernunft seyn mußte. Daher wurde auch das Gebiet des Naturrechts mit dem Gebiete der Moral,
nicht allein von den frühern Lehrern jener Wissenschaft verwechselt, sondern auch selbst die scharfsinnigsten Pfleger derselben in der Kantischen Epoche machen sich offenbar dieser Verwirrung schuldig, und glauben Systeme des Naturrechts zu er-
bauen, während sie nur ein Gebäude der Moral
errichten, dem sie den Namen: Naturrecht beilegen. Sie leiten das Recht, welches sie jedem Naturrecht zum Gegenstande setzen, aus dem Sittengesetze her, in wie ferne es für den Berechtigten
selbst verbindlich ist. Sie müssen daher das Recht
mit dem Erlaubtseyn, welches durch das Sittengesetz begründet wird, für identisch halten, und
können darum das Naturrecht weder in Hinsicht
auf seinen Gegenstand überhaupt, noch auch in
Hinsicht auf den Inhalt seiner Lehrsätze von der
Moral unterscheiden. Denn das, was sie für
Recht ausgeben, (das Erlaubtseyn) wird schon in
der Moral abgehandelt, und das, was den Inhalt
des Rechts ausmacht, muß nothwendig mit der

Moral

Moral gleichen Schritt halten. Es giebt dann nur solche Rechte, welche mit dem Sittengesetz (positiv oder negativ) übereinstimmen und — Moral ist mit dem Naturrecht eine und dieselbe Wissenschaft.

Diesem Irrwege glauben andere nicht anders, als durch Behauptung eines fori externi, welches sie für das Gebiet des Naturrechts erklären, im Gegensatze von einem foro interno, welches die Sphäre der Moral ausmachen soll, ausweichen zu können. Sie sind mit jenen darüber einverstanden, daſs es Rechte gebe, die von dem Sittengesetze in dem Berechtigten selbst abhängig seyen, behaupten aber, daſs diese sogenannten innern Rechte nur der Moral, nicht aber dem Naturrechte angehörten, und dieses, wenn es eine von der Moral abgesonderte Wissenschaft seyn solle, blos äuſsere Rechte lehren müsse. Diese Behauptung, von der man die ersten Keime in Gundlings System des Naturrechts findet, die nachher verschiedentlich modificirt und in den neuesten Zeiten auf die ihr nur immer möglichen letzten Gründe zurückgeführt worden ist, stützet sich nach der Theorie der kritischen Pfleger des Naturrechts, auf die

Her-

Herleitung des Rechts aus dem Sittengesetz, in
wie ferne es nicht für den Berechtigten an sich,
sondern für Andere Verbindlichkeit hat. Aeufsere
Rechte sind ihnen nämlich solche, welche durch
das Sittengesetz, in wie ferne es andern obliegt,
gegeben sind, innere Rechte aber solche, welche
aus dem Sittengesetz in dem Berechtigten an
sich, herfliefsen. Die Sphäre nun, welche durch
die Summe, der von dem Sittengesetze des andern
abhängigen Rechte bestimmt wird, macht das forum externum aus, und gehört einzig und allein
dem Naturreeht; die Sphäre aber, welche durch
die aus dem Sittengesetze in mir abgeleiteten Rechte bestimmt wird, macht das forum internum aus,
und gehört in das Gebiet der Moral.

Gewifs ist es, dafs, sobald wir die Rechte aus
dem Sittengesetze herleiten und das Sittengesetz in
dem Berechtigten an sich für eine Quelle von
Rechten erklären, diese Theorie der einzige mögliche Weg ist, auf welchem das Naturrecht die
Würde einer eignen und nicht blos dem Namen
nach von der Moral unterschiedenen Wissenschaft
behaupten kann. Denn es wird alsdenn das Natur-
turrecht 1) in Hinsicht seines Gegenstandes überhaupt

haupt von der Moral geshieden, in wie ferne ihm
eine ganz andere Art von Rechten, ein eignes Forum und abgesondertes Gebiet angewiesen wird,
2) in Hinsicht auf den Inhalt seiner Lehrsätze, in
wie ferne die Materie der Rechte, mit dem Gesetzmäfsigen und gesetzlichen, nicht, wie bei der ent-
gegenstehenden Theorie durchgängig übereinstimmen und gleichen Schritt halten mufs, sondern
vermittelst der Herleitung aus dem Sittengesetz
des Andern sich mit dem moralisch - möglichen
nicht übereinstimmende Rechte deduciren lassen,
und hiedurch dem Naturrecht eine gröfsere Sphäre als der Moral angewiesen wird.

Geben wir daher jene Voraussetzung zu, dafs
nämlich das Sittengesetz Rechte begründe, und
dafs vom Sittengesetze in mir abhängige Erlaubtseyn Rechte ausmache, so müssen wir das Natur-
rscht durch die Wissenschaft der äufsern Rechte
bestimmen und zugeben, dafs unserer oben vorgelegten Definition dieser Wissenschaft ein wesent-
liches Prädikat fehle, wodurch es sich allein von
der Moral unterscheiden könne.

Aber

Aber gesetzt:

1) dafs jede Deduction der Rechte aus dem Sittengesetz des Andern irrig ist,

2) dafs eben so wenig aus dem Sittengesetz des berechtigten Subjekts an sich Rechte hergeleitet werden können,

3) dafs der Begriff des Rechts von dem Erlaubten, als einer durch das Sittengesetz in mir negativ - bestimmten Freiheit durchaus verschieden sey, und das moralisch - mögliche als solches durchaus nicht das Wesen irgend eines Rechts ausmache,

4) dafs alles Recht von einem ganz andern Princip, als dem Sittengesetz abhängig und das Wesen des Rechts von dem Wesen des moralisch - erlaubten durchaus verschieden sey,

5) dafs sich schlechthin äufsere, d. h. solche Rechte, welche mit dem moralisch - möglichen nicht übereinstimmen, aus einem und demselben Princip, wie die inneren mit dem moralisch - möglichen übereinstimmenden Rechte, deduciren lassen, und

6) dafs

6) dafs sich die äufsern Rechte von den innern,
nicht in Hinsicht ihres verschiedenen Princips,
sondern nur in Hinsicht auf ihren Inhalt, ob
sie nämlich mit dem moralisch - möglichen
übereinstimmen, oder nicht übereinstimmen,
unterscheiden.

Dieses alles vorausgesetzt, so würde folgen, dafs
das Naturrecht nicht durch eine Wissenschaft der
blos äufsern Rechte, sondern der R e c h t e ü b e r -
h a u p t bestimmt werden müsse. Denn sind alle
Rechte dem Wesen nach von dem moralisch - möglichen als einem Gegenstand der Moral unterschieden, und lassen sich schlechthin ä u f s e r e Rechte mit den innern aus einem und demselben Princip
deduciren, so ist das Naturrecht dadurch, dafs wir
es durch die Wissenschaft der Rechte überhaupt
bestimmen, von der Moral streng unterschieden,
1) durch seinen Gegenstand überhaupt, in wie ferne es R e c h t e lehrt, nnd 2) durch das weitere
Gebiet, welches durch diesen Gegenstand dem
Naturrechte eingeräumt wird, indem nach Auffindung des wahren Princips der Rechte nicht blos
innere, sondern auch äufsere Rechte auf demselben Wege sich ergeben. Können wir nun jene
Vor-

Voraussetzungen erweisen, wie sie werden erwiesen werden, so haben wir in diesem Beweis auch den vollgültigen Grund gefunden, warum das Naturrecht nicht durch eine Wissenschaft der blos äufsern Rechte überhaupt bestimmt werden müsse.

Wir mögen alsdenn unter äufsern Rechten verstehen was wir wollen, so dürfen sie nicht als Merkmal in den Begriff des Naturrechts aufgenommen werden. Verstehen wir unter diesem Ausdruck Rechte überhaupt, in wie fern sie von dem Sittengesetz in dem Bewufstseyn des Nicht-berechtigten abhängen, so ist er darum zu Bestimmung des Begriffs : Naturrecht untauglich, weil die Voraussetzung einer solchen Quelle der Rechte, eine irrige Voraussetzung ist. Verstehen wir darunter nur solche Rechte, welche dem Sittengesetz widersprechen, so kann dieser Begriff darum nicht als Merkmal aufgenommen werden, weil alsdenn unser Begriff zu eng seyn würde, und nicht den gesammten Gegenstand des Naturrechts, welcher in blos äufsern Rechten nicht besteht, umfassen könnte.

Ob

Ob wir Gründe zu jenen Voraussetzungen haben? — Dies werden die Untersuchnngen über
den Grund des Rechts und den Begriff desselben
zur Genüge lehren. Vor jetzt ersuchen wir die
Leser, diese Voraussetzungen als Voraussetzungen
gelten zu lassen, und unsern Begriff von der Wissenschaft der Rechte in diesem Betracht wenigstens
problematisch anzunehmen.

3.

Ist das Naturrecht die Wissenschaft der vollkommnen Pflichten und vollkommnen Rechte?

„Wenn man, sagt Herr Schmalz *), die
verschiedenen Darstellungen des Naturrechts in
einen Begriff vereinigen will: so scheint es die
Wissenschaft der äufsern vollkomm-
nen Rechte und Pflichten und ihrer Mo-
dificationen in den einzelnen Verhältnissen, so fern
sie aus der Vernunft und dem Begriffe dieser Verhältnisse erkannt werden. Mit Unrecht nennt man

es

*) Reines Naturrecht. 2. A. — Ueber die Form
des Naturrechts.

es aber die Wissenschaft der Rechte allein, als ob die Pflichten in die Moral allein gehörten. Denn der Mensch hat ja sein Urrecht selbst nur dadurch, daß alle die Urpflicht haben, ihn nicht wider seinen Willen zu bestimmen. Die Pflicht ist der Grund des Rechts und das Princip des Rechts nicht erlaubend, sondern verbietend. Es geht also von Pflichten sogar aus. Der Moral bleiben also, die man ihr bisher immer gab, die innern und die unvollkommnen Pflichten. „

Ohne es als einen wichtigen Grund gegen diese Behauptung anzuführen, daß der Grundsatz der Moral vollkommne und unvollkommne Pflichten bestimme, daß die Theilung des Gebiets der Moral, und die Vereinigung zweier so ganz verschiedener Systeme, wie das System der Pflichten und Rechte ist, gegen die Einheit und Harmonie der Wissenschaften verstoße, bemerke ich nur folgendes.

1) Wenn wir auch den Vertheidigern der relativen Rechtsdeduction die Wahrheit ihrer Behauptungen zugeben wollen, wenn wir ihnen auch zugestehen, daß die Pflichten Grund der Rechte seyen,

seyen, und das Naturrecht von jenen ausgehen müsse, so brauchen wir ihnen doch nicht die Folge, nämlich daſs das Naturrecht Pflichten und Rechte zugleich lehren müsse, zuzugeben. Sie geben ein von dem System der Pflichten abgesondertes, obgleich in Hinsicht auf die Begründung von diesen abhangiges System der Rechte zu. Sie wollen Rechte in dem Naturrechte lehren, behaupten aber, daſs diese Rechte nicht allein mit den Pflichten zusammenhängen, sondern auch von ihnen abhängen. Gut! — Müssen sie aber darum Rechte und Pflichten zugleich lehren? muſs darum das System der vollkommnen Pflichten mit dem Systeme der Rechte Gegenstand einer und derselben Wissenschaft seyn, weil dieses durch jenes begründet wird? Macht das System der Rechte darum weniger ein besonderes System aus, weil es mit dem Systeme der Pflichten zusammenhängt, und in Hinsicht auf sein Daseyn von ihm abhängt? Die philosophische Religionslehre setzt auch die Moral voraus, wird auch durch sie begründet, wer wird aber darum behaupten, daſs Moral zu der Religionslehre oder diese zu jener gehöre? —

Jene

Jene Behauptung des Herrn Schmalz würde denn noch eher unsern Beifall verdienen, und die Nothwendigkeit, vollkommne Pflichten zugleich mit vollkommnen Rechten in dem Naturrechte zu lehren, mit einem größern Schein der Wahrheit einleuchten, wenn jedes einzelne Recht, ohne die Aufstellung der ihm gegenüberstehenden und dasselbe begründeten Pflicht nicht erwiesen werden könnte, und wir, um zu zeigen, wie der Mensch dieses oder jenes Recht habe, vorerst zeigen müßten, wie die Andern, in wie ferne sie nicht als berechtigte Subjekte betrachtet werden, die Pflicht haben, diese oder jene Handlung, welche die Materie des zu erweisenden Rechts ausmachen sollte, nicht zu hindern. Wäre dies nach der relativen Rechtsd luction der Fall, so könnten freilich vollkommne Pflichten in dem Naturrechte gelehrt werden und die Behauptung: vollkommne Pflichten müssen aus der Moral ausgeschlossen werden, würde gegründeter scheinen müssen. Aber dies ist eine Voraussetzung, die in der That nicht statt findet. Wenn auch das Recht aus der gegenüberstehenden Verbindlichkeit entspränge, so bedürfen wir doch in dem Naturrecht nicht jeder einzelnen Pflicht zum Beweis der Rechte. Diese

E   würden

würden von einem Grundsatz hergeleitet werden,
der nur Rechte begründete, der aber freilich aus
dem Grundsatz der vollkommnen Pflichten deducirt werden müßte. Und so finden wir es auch
wirklich in den Lehrsystemen der Vertheidiger der
relativen Rechtsdeduction. Sie zeigen nicht erst,
daß der andere die Pflicht habe, mich an einer
gewissen Handlung nicht zu hindern, um zu zeigen, daß ich zu dieser Handlung ein Recht habe.
Sie leiten das Recht aus einem Rechtsgrundsatz ab,
und diesem aus dem Grundsatz der Moral. Die
Ausführung und Darstellung der Pflichten, die
aus dem Grundsatz der vollkommnen Verbindlichkeit fliefsen, liegen daher aufserhalb den Gränzen
des Naturrechts und machen den Gegenstand einer
andern Wissenschaft aus. —

„ Aber der Grundsatz des Naturrechts ist doch
ein Pflichtsatz, ein Satz der vollkommne Pflichten
begründet, folglich mufs auch das Naturrecht
vollkommne Pflichten lehren „

Wenn man sich freilich im Voraus vorsetzt,
Pflichten in dem Naturrechte lehren zu wollen,
und den Satz der Pflichten Grundsatz des Naturrechts

rechts nennen will, so hat es mit dieser Folgerung
seine Richtigkeit. Sonst aber wird durch jenen
Einwurf gar nichts bewiesen. Man verwechsele
den Satz, der an der Spitze des Naturrechts steht,
nicht mit dem Grundsatz des Naturrechts, nicht
den Satz, der den Grundsatz der Rechte begründet, mit dem Grundsatz der Rechte selbst. Der
höchste Satz in dem Naturrechte ist freilich nach
der relativen Rechtsdeduction ein verbietender
Satz, mithin ein Satz, der vollkommene Pflichten
begründet; aber er ist darum noch nicht Grundsatz der Rechte selbst; er ist blos ein Satz, durch
den wir den dem Naturrechte eigenthümlichen
Grundsatz begründen, mithin blos ein Lehr-
satz, welcher in einer andern Wissenschaft ein-
heimisch ist, und den wir ihr darum abborgten,
um einen in unsrer Wissenschaft einheimischen
Grundsatz zu erweisen.

2) Ist auch die Theorie der Rechte, welche
auf die Pflichten des Nichtberechtigten gegründet
wird, eine falsche, nicht haltbare Theorie. Das
Recht entspringt nicht aus der Pflicht des Andern,
es setzt diese nicht voraus, wird durch sie nicht
begründet, sondern steht unabhängig von voll-

E   kom-

kommnen Verbindlichkeiten fest, und ist in dem
Berechtigten an sich und durch dasselbe vorhanden. Diese Behauptung, für welche man in der
Folge den Beweis finden wird, rechtfertiget am
sichersten unsere Definition von dem Naturrechte
als einer Wissenschaft der blofsen Rechte, indem
sie die Unbrauchbarkeit der Zwangspflichten zum
Erweis der Rechte zeigt, und die Selbstständigkeit
des Systems der Rechte darthut.

4.

4) Ist das Naturrecht die Wissenschaft der (durch den Staat) möglichen oder nothwendigen Rechte.

„Untersucht die Rechtslehre nur, was vermöge der Moral ein Recht seyn kann, und was wegen der Verhältnisse, in welche die Menschen treten mussen, um bei der Entwickelung ihrer Kräfte
am friedlichsten und glücklichsten mit einander
zu leben, dafür erkannt werden soll, so heifst sie
Naturrecht; bestimmt sie, was in einem Staat
dafür erkannt wird, so heifst sie Rechtsgelahrtheit.„

Dieser

Dieser Meinung ist Ehrhard *). So sehr
ich auch den Scharfsinn und die Originalität dieses

*) Ueber das Recht eines Volks zur
Revolution. Eben dieser Meinung ist
auch der scharfsinnige Flatt, der aber diese
Meinung mehr in der Form eines Einfalls, als
einer Behauptung vorträgt. — „Könnte man
nicht vielleicht, sagt er S. 110., Revision des
Naturrechts, das sogenannte Naturrecht, in ein
Zwangsrecht verwandeln, das sich blos
auf Staaten und auf solche Gesellschaften, die unter dem Schutz
und unter der Aufsicht des Staats
stehen, erstreckte? Könnte man nicht
statt des gewöhnlichen Naturrechts eine Wissenschaft bilden, die für das bürgerliche
Recht, und für das Recht besonderer
Gesellschaften im Staat, ohngefähr
das wäre, was Ontologie für die Metaphysik, oder was Kosmologie und Pe-
rumatologie für die Physik und Psychologie ist? Könnte man nicht eine Wissenschaft bilden, deren Gegenstand allgemeine
Entscheidung der Frage wäre: Welche
Pflichten kann der Gesetzgeber
eines Staats, welche Pflichten soll
er für Zwangspflichten erklären,
und welche Pflichten müssen sol-

ses fürtreflichen Mannes schätze, so gestehe ich
dennoch, daſs ich hier die Gründlichkeit und einen strengen Zusammenhang des Beweisenden mit
dem Beweis vermisse. Er entwickelt den Begriff
des Rechts aus dem Sprachgebrauch, und nachdem
er in dem Ausdruck: *ein* Recht, eine Beziehung auf das positive Recht gefunden zu haben
glaubt, und in dem Recht mehr als ein bloſses
Erlaubtseyn enthalten sieht, bestimmt er ein
Recht durch eine positive gesetzliche
Anerkennung einer unbeschränkten
Willkühr in gewissen durchs Gesetz
bestimmten oder von derselben nicht
besonders ausgenommenen Fällen.
Die Reihe seiner Gründe ist, wo ich ihn anders
richtig verstanden habe, diese.

Der Ausdruck: *ein* Recht und *das* Recht,
darf nicht mit dem Ausdrucke: recht schlechthin
verwechselt werden. Denn Recht bedeutet nur ein
bloſses Erlaubtseyn durch das Sittengesetz. In
dem

che Gesellschaften, die zu besondern Zwecken sich im Staate selbst
zusammen vereinigen, als Zwangspflichten betrachten u. s. w.

dem Ausdruck: *ein* R e c h t und: *das* R e c h t
liegt aber mehr als dies. In dem erstern liegt gesetzliche Anerkennung, in dem letzten wird gesagt, daſs etwas, was überhaupt für recht gehalten wird, einem insbesondere zugestanden werde.
Da nun aus dem Sittengesetze blos ein Erlaubtseyn, das was r e c h t ist, entspringen kann, so
ist es dem Naturrecht unmöglich Rechte zu lehren. Rechte können nur durch eine positive Gesetzgebung entstehen, und das Naturrecht kann
blos die Möglichkeit und Nothwendigkeit der
Rechte lehren.

Herr E h r h a r d ist bei dem Beweise seines
Satzes von einem Punkte ausgegangen, von dem
man, wie jeder Denker leicht eingestehen wird'
sobald es auf ein gründliches Raisonnement ankommt, durchaus nicht ausgehen darf. Sein Begriff vom Naturrecht stützet sich einzig und allein
auf seinen Begriff von einem Rechte, und diesen
bestimmt er blos durch den Sprachgebrauch. —
(So sehr ich auch überzeugt bin, daſs man bei Bestimmung selbst spekulativer Begriffe von dem
Sprachgebrauch a u s g e h e n könne und oft ausgehen müsse; daſs man ihn zum Führer und Weg-
weiser

weiser auf dem dunklen Pfade der Spekulation
gebrauchen könne und seiner oft bedürfe: so bin
ich doch auch eben so fest überzeugt, dafs er zur
völligen Bestimmung spekulativer Begriffe schlechterdings unzureichend sey, und wir unserer Pflicht
als Philosophen kein Genüge leisten, wenn wir
uns ihm blindlings überlassen und alles nur durch
ihn sehen wollen. Die Merkmale, die in dem
Begriff des Rechts oder der Pflicht als Gegenständen der Spekulation enthalten sind, befinden sich
auch in diesen Begriffen, in wie ferne sie der gemeine Menschenverstand denkt. Aber der Menschenverstand denkt sich diese Merkmale nur dunkel, und dieses Dunkel mufs durch Spekulation aufgehellet werden, wenn die Merkmale Merkmale eines philosophisch-gültigen Begriffs seyn sollen. — Lassen wir den Menschenverstand bei Bestimmung unserer Begriffe allein
reden, suchen wir die Merkmale derselben, blos
mit Hülfe der Reflexion aus dem Sprachgebrauch
und dem Gefühl zu entwickeln, so öfnen wir dem
Irrthume Thor und Thür, entwickeln entweder
zu viel oder zu wenig, oder da wir keine feste
Stütze haben, werden verführt, dem Menschenverstande etwas ganz anderes, als es wirklich gesagt

sagt hat, in dem Mund zu legen. Und wie wollen wir denn unserm Begriff rechtfertigen, wenn man seine Richtigkeit in Anspruch nimmt? Doch wohl nicht dadurch, dafs wir uns auf den gemeinen Menschensinn berufen? denn es wird ja gezweifelt, dafs dieses oder jenes Merkmal in dem Begriffe liege, und behauptet, dafs wir nicht recht gesehen haben. Wir müssen daher zu höhern Gründen unsre Zuflucht nehmen, wir müssen auf dem Wege der Spekulation zeigen, dafs diese oder jene Merkmale wirklich in dem Begriffe liegen und liegen m ü s s e n, wenn unsre Bestimmung philosophische Gewifsheit haben soll. — Gefühl also und Sprachgebrauch können uns nur zu Führern, nicht zu Gesetzgebern dienen; wir können bei Bestimmung eines philosophischen Begriffs von ihnen ausgehen, können ihn aber durch sie nicht selbst bestimmen; sie können uns a n d e u t e n, was wohl in dem Begriffe liegen möge, aber nicht sagen, was wirklich in ihm liege; können der Spekulation auf dieses oder jenes Merkmal eine bestimmte Richtung geben, diese aber nicht ganz entbehrlich machen.

So

So viel im Allgemeinen über den Weg, auf
dem Herr Ehrhard zu seinem Begriff von einem
Rechte und vermittelst dieses, zu seinem Begriffe
von dem Naturrechte gelangt ist!

Er unterscheidet ein Recht und das Recht,
und glaubt zu diesem Unterschiede den Grund in
dem Sprachgebrauche zu finden. Dies scheint
mir aber mehr scharfsinnig als gründlich bemerkt
zu seyn Der Sprachgebrauch macht zwischen
diesen Ausdrücken keinen bestimmten Unterschied; wir sagen bei einem und demselben Gegenstande bald, ich habe ein Recht, bald aber,
ich habe das Recht, und es giebt daher für uns
einen Grund, jedem von diesen Ausdrücken eine
besondere Sphäre anzuweisen. Ich kann, ohne den
Sprachgebrauch zu beleidigen, sagen: ich habe
das Recht, mein Leben zu erhalten, und, ich
habe ein Recht, mein Leben zu erhalten; ich
habe das Recht, Brandtewein zu brennen, und
ich habe ein Recht, Brandtewein zu brennen *).
Der einzige aber, in der Sache gar nichts ändern-
de,

*) Dies ist ein Beispiel, dessen sich Herr Eht-
hard selbst bedient hat.

de, Unterschied zwischen diesen beiden Ausdrücken liegt darin, daſs es dem Sprachgebrauch zuwider ist, zu sagen: d a s Recht auf eine Sache haben, und man nur zu sagen pflegt, ein Recht
auf eine Sache haben. Im Uebrigen werden
die Ausdrücke promiscue gebraucht, und man mag
das: ein und: das, so lange betrachten und ver-
gleichen, wie man will, so wird man es nirgends
so bedeutend finden, daſs es den ganzen Begriff
einer Sache umgestalten könnte.

Herr E h r h a r d behauptet ferner: daſs in der
Redensart: er hat ein Recht, die Beziehung
auf das positive Recht völlig klar sey, und in dem
Ausdruck: er hat das Recht, gesagt werde,
daſs etwas das überhaupt für recht gehalten wird,
einem insbesondere zugestanden werde. — So
willkührlich die Unterscheidung zwischen ein
Recht und: das Recht überhaupt ist, eben so
willkührlich (wenn nicht noch willkührlicher) ist,
das Verfahren, mit welchem dieser Sinn jenen Re-
densarten untergeschoben wird. Mir ist es, so
lange ich auch den Ausdruck: ein Recht betrachtet habe, nicht klar geworden, daſs er sich
blos auf das positive Recht beziehe. Eben so wenig

nig leuchtete es auch einem Recensenten in dem
Niethammerischen Journal *) ein, wenn er bei
dieser Stelle bemerkt, dafs der Ausdruck: ein
Recht, sich nicht blos auf das positive, sondern
auch auf das natürliche Recht beziehe. — Was
von diesem Ausdrucke gesagt wurde, gilt auch
von dem andern, bei dem der ihm untergeleg-
te Sinn, mit eben so geringer Klarheit hervor-
leuchtet.

Wenn Herr Ehrhard behauptet, dafs in
dem Begriffe: Recht, mehr als ein blofses Erlaubtseyn liege, so stimme ich ihm darin sehr gerne
bei, und freue mich innigst, einen so scharfsinnigen Mann in einer so wichtigen Behauptung mit
mir übereinstimmend zu finden. Aber wenn er
dieses: Mehr, in eine durch positive Gesetze bestimmte Sanktion setzt, (denn dies versteht er
doch darunter, wenn er von einer gesetzlichen Anerkennung redet,) so wird ihm wohl niemand
beistimmen können. Ich suchte vergebens nach
einem Grund zu dieser Folgerung. Sollte dieser
Grund

*) In der Recension der Schrift des Herrn Ehr-
hard: über das Recht zur Revolution.

Grund etwa in dem liegen, was er über den Ausdruck: ein Recht, gesagt hat? Allein, gesetzt auch, es hätte mit der Beziehung dieses Ausdrucks auf das positive Recht seine Richtigkeit, wie es sie doch wirklich nicht hat, so könnte uns gleichwohl der Sprachgebrauch allein nicht zu einer so wichtigen Folgerung berechtigen. Wir können und müssen bei einer jeden philosophischen Wahrheit, vorzüglich aber bei einer so wichtigen, sowohl theoretisch als auch praktisch interessanten Wahrheit, einen strengen Beweis fordern. Und diesen ist uns Herr Ehrhard schuldig geblieben.

Der sonst scharfsinnige Verfasser des Buchs: über das Recht zur Revolution, wird es mir daher verzeihen, wenn ich seinen Begriff vom Naturrecht, der eigentlich alles Naturrecht aufhebt, für grundlos erkläre. Ich sage, der alles Naturrecht aufhebt. Denn, ist das Naturrecht die Wissenschaft von möglichen und nothwendigen Rechten, hat es ein blofses Erlaubtseyn (welches, wenn es durch positive Gesetze sanktionirt ist, zum Recht erhoben wird) zum Gegenstande, so kann es keine besondere Wissenschaft seyn, und ist,

ist, wie schon oben bei einer andern Gelegenheit gesagt worden, ein Theil der Moral. Aber es ist wirklich ein Naturrecht, als von der Moral und der Rechtsgelahrtheit abgesonderte Wissenschaft möglich, denn es giebt Vernunftrechte, d. h. ein Erlaubtseyn, das nicht durch positive Gesetze, sondern durch Vernunft selbst sanktionirt ist.

Sollte ich bei Beurtheilung dieses Begriffs unter die Zahl derer gezählt werden können, von welchen Herr Ehrhard nicht beurtheilt zu werden wünscht, unter die nämlich, welche sein Werk widerlegen, ohne es zu verstehen, so bitte ich den würdigen Verfasser um Verzeihnng, und verspreche, wie es schon ohnedies meine Pflicht ist, seinen Berichtigungen williges Gehör zu geben, und meine Behauptungen, falls ich widerlegt bin, öffentlich wieder zurückzunehmen.

———

Ich glaube nun meinen Begriff von einem Naturrecht, durch Prüfung der bisherigen Begriffe

griffe *) von demselben gerechtfertiget und gezeigt
zu haben, daß er nicht zu wenig Merkmale in
sich enthalte. Es kann freilich nicht anders seyn,
als daß manches hier Gesagte, weil es von der gewöhnlichen Vorstellungsart abgehet, den Vorwurf
der Paradoxie erhalten, und weil die Gründe zu
diesen Paradoxien noch nicht dargelegt sind, mehr
den Schein der Meinung, als der Wahrheit an sich
tragen. Ich mußte bei der Rechtfertigung meines
Begriffs manches anticipiren und problematisch
voraussetzen, was erst nachher als Wahrheit erscheinen wird, und dieses, so wie es hier dasteht,

nur

*) Daß nich alle Begriffe vom Naturrecht ge-
prüft werden, wird mir der Leser gern verzeihen. Nur die mußten einer Prüfung unterworfen werden, welche auf die Wissenschaft selbst einen wichtigen Einfluß haben.
Ich konnte daher den Hufelandischen:
Naturrecht ist die Wissenschaft
dessen, was im Naturstande Rech-
tens ist, und den Maimanischen:
Naturrecht ist die Wissenschaft der
vom Sittengesetz bestimmten
scheinbaren Ausnahmen vom Sittengesetz, und mehrere andere mit Recht
von der Hand weisen.

nur den Stempel der Meinung und einer willkührlichen Hypothese an der Stirne trägt. —— Ich
ersuche daher gründliche Denker —— denn nur
bei diesen bedarf es dieser Bitte —— nicht mein
Buch schon jetzt mit dem Glauben aus der Hand
zu legen, daſs sie in demselben nichts weiter als
Träume, Meinungen und Phantasien zu erwarten
hätten. Ich habe nichts gesagt, was ich nicht beweisen werde; ich werde auch in der Folge nichts
sagen, wozu der Denker, der Wahrheit sucht,
nicht den Beweis finden wird.

————

ZWEI-

ZWEITER THEIL.

Ueber den Grund des Rechts.

ERSTER ABSCHNITT.

Darstellung der aufzulösenden Probleme.

———

Wir haben in dem vorhergehenden Theile den Begriff von einem Naturrecht aufgestellt: wir haben das Gebiet gezeigt, auf das sich diese Wissenschaft beschränkt; den Gegenstand, mit dem sie sich beschäftiget. Die Möglichkeit und Realität dieser Wissenschaft ist aber noch problematisch. Wir wissen noch nicht, ob eine solche Wissenschaft möglich sey? — Die wichtigste Frage, die uns daher jetzt beschäftigen muß, ist die: wie. ist Naturrecht als Wissenschaft möglich?

F   Das

Das natürliche Recht ist der Gegenstand dieser Wissenschaft. Giebt es einen solchen Gegenstand, so ist auch Naturrecht möglich. Giebt es keinen solchen Gegenstand, so ist auch das Naturrecht selbst unmöglich. Die Beantwortung jener Frage, setzt daher die Beantwortung folgender Frage voraus.

Wie ist das Recht als Gegenstand des Naturrechts möglich? --

Diese Frage, welche das Daseyn und die Realität des Rechts zum Gegenstande hat, kann mit ja! oder mit nein! nur dadurch beantwortet werden, dafs wir vorher noch eine andere Frage: nämlich die: giebt es einen Grund des Rechts? und welches ist derselbe? beantwortet haben. Von dem Daseyn oder Nichtdaseyn eines in dem menschlichen Geiste gelegenen Grundes hängt das Daseyn oder Nichtdaseyn des Rechts selbst, nnd mithin die Beantwortung jener Frage ab. Giebt es einen in dem menschlichen Geiste gelegenen Grund des Rechts, läfst sich ein Grund des Daseyns der Rechte auffinden, so haben wir durch den Beweis für diesen Grund auch zugleich

zugleich das Daseyn und die Möglichkeit der Rechte erwiesen. Hat man das Nichtdaseyn dieses Grundes dargethan, so hat man auch zugleich das Nichtdaseyn und die Unmöglichkeit des Rechts selbst, und dadurch die Unmöglichkeit einer Rechtswissenschaft dargethan.

Die Beantwortung dieser Frage nun über den Grund des Rechts ist jetzt der Gegenstand meiner Untersuchung.

Um aber eine bestimmte Antwort geben zu können, müssen wir jene Frage etwas näher bestimmen, und da sie so viel umfassend ist, in einige untergeordnete Fragen auflösen.

Wenn wir das Recht als Gegenstand unsres rechtlichen Gefühls betrachten und über dasselbe reflectiren, so finden wir, dafs das Recht nicht blos in Hinsicht auf die Ausübung der Willkühr freies Spiel läfst, sondern auch eine Freiheit (eine Loslassung des Willens — ein Gegensatz der Beschränkung durch die Pflicht — in sich enthält. Man nehme z.B. das Recht, sich zum Gelehrten zu bestimmen. Reflektire ich hierüber, so fällt

mit

mir der Unterschied zwischen der Materie des
Rechts und dem Recht selbst in die Augen. —
Das: mich zum Gelehrten bestimmen, ist die Materie des Rechts. Es muſs aber noch etwas hinzukommen, daſs ich sagen kann: ich habe **ein**
Recht, mich zum Gelehrten zu bestimmen
u. s. w. Das Hinzugekommene nun, das Recht
enthält eine **Freiheit**, eine Loslassung des Willens. Ich sehe nämlich, Recht unterscheidet sich
von einer Pflicht, in wie ferne hier mein Wille
durch Nothwendigkeit bestimmt, dort freigelassen
wird. Das Recht besteht nicht in einer Nöthigung,
sondern in einer Freiheit des Willens *).

Diese

*) Ich rede hier nicht von der Freiheit, in Hin-
sicht auf die Materie, nicht davon, daſs ich
zu entgegengesetzten Handlungen Rechte habe, wenn ich z. B. das Recht habe, mich
zum Gelehrten zu bestimmen, und auch das
Recht habe, mir den Stand eines Handwer-
kers zu wählen. Ich rede von der Freiheit
blos im Gegensatz der Nöthigung, welche
ein Ingrediens der Pflicht ist. Ich betrachte
den blofsen abstrakten Begriff Recht, als metaphysischen Gegenstand, und rede von **der**
Freiheit, welche ihm **als solchen** zukommt — wodurch das Recht Recht ist.

Diese Freiheit wollen wir, in wie ferne sie in dem Wesen des Rechts selbst enthalten ist, die i n n e r e r e c h t l i c h e Freiheit nennen, und es fragt sich nun : w i e i s t d i e s e i n n e r e r e c h t l i c h e F r e i h e i t d u r c h V e r n u n f t m ö g l i c h ?

Ich

Diese Freiheit als Wesen des Rechts, darf nicht mit der Freiheit, welche ein Wesen d e s S y s t e m s d e r R e c h t e ist, verwechselt werden. Ich habe Rechte zu contradiktorischen entgegengesetzten Handlungen, d. h. das Recht, die Freiheit, wird auf verschiedene, entgegengesetzte und einander widersprechende Materie angewendet. Diese Freiheit der Willkühr wird daher durch das System der Rechte bestimmt, und ich kann in diesem Sinne nur von einer F r e i h e i t d e r R e c h t e, aber nicht von einer F r e i h e i t d e s R e c h t s sprechen. Diese gilt blos von der Materie des Rechts; jene von dem Recht als solchem. — — Daß ich übrigens von allem diesen nur problematisch spreche, daß hiemit noch gar nicht für die Realität dieser Begriffe gesorgt wird, wird, auch ohne daß ich es ausdrücklich sage, jedem einleuchten.

Ich bemerke ferner, dafs eine Freiheit der Willkühr, in Betracht der Materie, mit dem Recht verbunden ist. Ich habe ein Recht (die Freiheit) mich zum Gelehrten zu bestimmen, ich habe auch das Recht, mich nicht zum Gelehrten, sondern zum Handwerker, zu bestimmen. Ich habe das Recht, einen Theil meiner natürlichen Freiheit zu veräufsern, ich habe auch das Recht, nichts von derselben zu veräufsern. Durch das System der Rechte wird also meine Willkühr frei-gelassen, sie kann zwischen entgegengesetzten Zwecken und Handlungen wählen. — Diese Freiheit, in wie ferne sie sich nur auf die Materie des Rechts, auf die Anwendung des Rechts über-haupt auf eine bestimmte Materie bezieht, wollen wir die äufsere rechtliche Freiheit nen-nen, und es entsteht daher die Frage: wie ist eine solche aufsere rechtliche Erei-heit möglich?

Ich bemerke weiter, wenn ich über die Rech-te reflektire, dafs diese rechtliche Freiheit nicht allein Rechte zu moralisch - möglichen, sondern auch zu moralisch - unmöglichen Handlungen be-fafst. Mein Bewufstseyn sagt mir, dafs ich zu
allen

allen dem ein Recht habe, wodurch ich die Rechte
eines andern nicht verletze, daſs ich mithin auch
zu unmoralischen Handlungen ein Recht habe, sobald ich dadurch ein anderes vernünftiges Wesen
nicht in seinen Rechten kränke. Ich habe das
Recht, meine Talente auszubilden; es ist mir aber
auch rechtlich möglich, sie verrosten zu lassen.
Das Leben ist die Bedingung der Erfüllung meiner Pflichten, ich habe die Verbindlichkeit es zu
erhalten; ich habe auch das Recht es zu erhalten;
es ist aber auch dem Recht nicht zuwider, daſs
ich mir es nehme. Einem Armen Wohl zu thun,
ist meine Pflicht, und ich habe das Recht zu Erfüllung derselben; wer wird mir aber auch das
Recht absprechen, den Unglücklichen ohne Hülfe
von mir zu stoſsen? — Rechte welche in ihrer
Materie dem Sittengesetze widersprechen, nenne
ich ä u ſs e r e R e c h t e. Und es fragt sich daher;
wie sind äuſsere Rechte möglich?

Wir bemerken ferner, daſs jene rechtliche
Freiheit, Rechte zu m o r a l i s c h i n d i f f e r e n -
t e n Handlungen in sich faſst, Rechte, bei welchen keine Entscheidung nach moralischen Gesetzen möglich ist. So z. B. das Recht: meine Hand

da

da oder dorthin zu bewegen — meinen Garten
mit einer Mauer, oder mit einem Zaune, mit einer Hecke von Dornen, oder von Linden einzu-
fassen. Keine dieser Handlungen ist geboten, keine verboten — sie ist blos möglich, durchaus der Willkühr überlassen. Ueber sie bestimmt
das Sittengesetz gar nichts. Rechte, die moralisch
indifferente Handlungen zur Materie haben, nenne
ich freie Rechte, und es entsteht daher die
Frage: wie sind freie Rechte möglich?

Eine rechtliche Freiheit begreift endlich auch
moralisch nothwendige Handlungen, wie sich aus
der Reflexion über die Rechte ergiebt, in wie ferne sie uns durch unsern gemeinen Menschenverstand vorgehalten werden. Der Mensch hat das
Recht, seine Pflichten zu erfüllen, das Recht, seine Talente auszubilden, sein Leben zu erhalten,
seinen Mitmenschen Gutes zu thun, ihre Rechte
nicht zu kränken u. s. w. — Rechte, die moralisch nothwendige Handlungen zur Materie haben,
nenne ich verbindliche Rechte, und es
fragt sich daher wie sind verbindliche
Rechte möglich?

Endlich

Endlich ist auch mit jedem Recht ein Zwangs-recht verbunden. —— Ich habe das Recht, jeden der mich an der Ausübung meines Rechts kränkt, mit Gewalt abzuhalten, oder, welches dasselbe heifst, nach Naturgesetzen zu behandeln. Es fragt sich daher: wie sind Zwangsrechte möglich?

In diesen sechs Fragen löst sich die obige Frage auf, und wir können daher jetzt das Pro-blem so stellen: welches ist der Grund (das prin-cipium essendi) der innern und äufsern rechtlichen Freiheit, der äufsern, freien verbindlichen und Zwangs-Rechte? ——

Es giebt, glaube ich, keinen einzigen Begriff, der so schwer von andern verwandten Begriffen zu unterscheiden wäre, als den Begriff des Rechts. Er trägt als Produkt der praktischen Vernunft, im allgemeinen dieselben Merkmale, die das Produkt des Sittengesetzes das moralisch-mögliche bezeich-nen, und steht sowohl, in Hinsicht auf seine Form, als auch gröfstentheils in Hinsicht auf seine Materie, mit den sittlichen Begriffen in einer so nahen Verwandtschaft, dafs der menschliche Geist

Geist leicht dahin gerathen mußte, ihn selbst für einen sittlichen Begriff zu halten. Und so findet es sich auch wirklich. Alle Rechtslehrer, ohne Ausnahme, machen das Princip der Sittlichkeit zum Princip des Rechts, und es ist daher nicht zu verwundern, daß das Naturrecht mit der Moral beständig gleichen Schritt hielt und die Geschichte des Naturrechts bis jetzt von der Geschichte der Moral unzertrennlich ist. Baute man die Sittenlehre auf Erfahrung, so erhielt auch die Wissenschaft der Rechte diese Basis; wurde die Pflicht aus dem sittlichen Gefühl abgeleitet, so wurden es auch die Rechte; war das System der Moral hyperphysisch, so war es auch das Naturrecht — kurz, das Schicksal des Naturrechts, war mit dem Schicksal der Moral unzertrennlich verbunden, und das Sittengesetz, unter welcher Gestalt man es auch zu erblicken glaubte, wurde entweder direkte oder indirekte für den Grund des Rechts gehalten. In diesem allgemeinen Charakter kommen die naturrechtlichen Systeme der kritischen Philosophen mit allen Systemen der vorkantischen Epoche, von Winkler bis auf Kant, überein *),

Auch

*) Diese Behandlung wird für den, welcher mit der Geschichte des Naturrechts vertraut ist,

Auch ihnen ist das Sittengesetz der Grund des
Rechts, und sie unterscheiden sich von ihren Vorgängern

keinen Beweis bedürfen. Schon die blofsen
Definitionen vom Recht können uns davon
zur Genüge überzeugen. Jus est qualitas
moralis personae competens ad aliquid juste
habendum, vel agendum. — Qualitas autem
moralis perfecta facultas nobis dicitur; minus
perfecta aptitudo. Grotius Dr. J. B. et P.
L. l. C. I - 4. — Juris nomine nihil aliud
significatur quam libertas, quam quisque
habet facultatibus naturalibus secundum rectam rationem utendi. Hobbes de Cive l.
§. 7. Libertas heifst hier nicht, wie Hufeland (Grundsatz des N. R. S. 20.) glaubt
die Abwesenheit äufserer Hindernisse, sondern die moralische Möglichkeit, wie dies
der §. 7. beweifst, wo Hobbes sagt: Non
absurdum, neque reprehendendum, neque contra rectam rationem est, si
quis omnem operam det, ut a morte er dolo-
ribus proprium corpus et membra defendat
conservetque, quod autem contra ; rectam rationem, non est, id juste, et
jure factum omnes dicunt. — Jus, sagt
Puffendorf de J. N. et G. L. I, C. i. §. 10.
est qualitas illa moralis, qua recte vel
pectoris imperamus vel res teremus, aut cu-

gängern nur dadurch, dafs sie mit gröfserer Richtigkeit ihren Weg verfolgen, und da der Begriff der Pflicht und des Sittengesetzes durch die Revolution der kritischen Philosophie in seiner wahren und reinen Gestalt erschien, auch der Begriff und die Grundsätze des Rechts in einer bestimmtern Gestalt erscheinen mufsten.

Es fragt sich aber nun: ist dieser von allen Rechtslehrern, seit der ersten Idee von einem Naturrecht betretene Weg, ein gangbarer Weg? — Kann das Sittengesetz der Grund des Rechts seyn? — werden die Rechte durch die Pflichten bestimmt?

Eine Deduktion des Rechts aus dem Sittengesetz ist auf zwei verschiedene Arten möglich. Betrachten wir den Menschen, in Hinsicht auf den Grund des Rechts, an sich, leiten wir das Recht aus dem Sittengesetz des Berechtigten Subjekts selbst, aus dem Vernunftgesetz

jus vi aliquid nobis debetur. — Kurz, alle Bestimmungen des Rechts, von deren ich hier leicht noch mehrere anführen könnte, bestätigen meine Behauptung.

gesetz her, in wie ferne es dem Rechte haben-
den selbst obliegt, so haben wir die **a b s o-
l u t e** Rechtsdeduktion. Betrachten wir aber den
Menschen, in Hinsicht auf den Grund des Reohts
in Beziehung auf andere vernünftige Wesen, und
leiten wir das Recht aus dem Sittengesetze ab, in
wie ferne es andern, dem Berechtigten gegenüher-
stehenden Subjekten obliegt, so haben wir die
r e l a t i v e R e c h t s d e d u k t i o n. Nur diese zwei
Hauptarten, das Recht aus dem Sittengeserz zu
deduciren sind, wie einem jeden ohne Beweis ein-
leuchtet, möglich; und es giebt keinen dritten
Weg, man mufste denn das aus beiden Systemen
zusammengesetzte System, welches man das **s y n-
k r e t i s t i s c h e** nennen kann, als eine dritte
Hauptart gelten lassen wollen.

Wir haben daher, diese zwei verschiedenen
Arten einer Rechtsdeduktion aus dem Sittengesetze
insbesondere zu prüfen, und zu sehen, ob der
eine oder andere Weg gangbar sey, und zu einem
erwünschtem Ziel führen könne.

Ich

Ich halte mich zuerst an die absolute Deduktion, die ich, wie sie durch die kritische Philosophie in ihrer grossen Stärke aufgestellt worden ist, in ihrer völligen Reinheit, mit möglichster Kürze darstellen will.

———

ZWEI-

ZWEITER ABSCHNITT.

*Darstellung und Prüfung der absoluten Deduktion
aus dem Sittengesetz.*

———

I.

Vorstellung und Prüfung der gemein-
sten absoluten Deduktion.

„Der Mensch ist dem Sittengesetz unterworfen,
welches ein Produkt der praktischen Vernunft, und
darum allgemeingültig, und schlechthin durch sich
selbst nothwendig ist.„

„Das Sittengesetz ist die Quelle der Pflichten,
(des Sollens) der Gebote, oder Verbote.„

„Aber das Sittengesetz gebietet nicht blos, es
erlaubt auch. Das Sittengesetz ist auch die
Quelle des Dürfens.„

„Was der Mensch thun darf, das ist recht.
Nichts ist recht was unerlaubt ist.„

„Das

„Das Recht ist daher eine moralische
Möglichkeit, oder die Freiheit der Person zu
handeln, in wie ferne diese Freiheit durch das
Sittengesetz bestimmt wird.„

Dies sind die Hauptmomente dieses Systems,
in welchen alle natürliche Systeme, welche auf
diesem Grund erbaut sind, mit einander übereinstimmen.

Wie sind aber, fragt sich vor allen Dingen,
äufsere Rechte nach dieser Theorie möglich? wie
ist es möglich, Rechte aus diesem Princip zu deduciren, die nicht mit dem Moralgesetze übereinstimmen? — Alles Recht wird auf das vom Sittengesetz bestimmte Erlaubtseyn beschränkt. Nur
das ist ein Recht, was ich vor dem Sittengesetze
darf, was mir durch dasselbe nicht verboten ist.
(Das Recht ist eine blofse moralische Möglichkeit).
Nichts kann demnach ein Recht seyn, was eine
moralische Unmöglichkeit in sich enthält, und —
äufsere Rechte sind unmöglich. Sollte das Sittengesetz in mir Quelle dieser Rechte seyn, so würde
es sich widersprechen: eben dasselbe erlauben,
was er nicht erlaubte. Es kann mir das Sittengesetz

setz nicht erlauben, dafs ich meine Talente un-
entwickelt lasse: ich soll sie immer mehr ausbil-
den, soll durch sie der Welt immer nützlicher zu
werden suchen. Erlaubte es mir nun auch gerade
das Gegentheil zu thun, so würde es eben dasselbe verbieten und erlauben; es würde sagen: du
darfst dieses thun, und du darfst dieses nicht
thun, mithin in den gröbsten Widerspruch mit
sich selbst gerathen. Aeufsere Rechte müssen daher durchaus nach dieser Deduction unmöglich
seyn; die obige Frage des gemeinen Menschenverstandes, dem wir doch Rede und Antwort schuldig sind, ist also unaufgelöst — und Naturrecht
seinem Inhalte nach nichts mehr und nichts weniger, als ein Theil der Moral.

„Aber es kann keine äufsere Rechte geben,
dies kann bewiesen werden, und ist schon dadurch
bewiesen, dafs nach unsrer Deduction keine solchen Rechte möglich sind. Der gemeine Menschenverstand kann doch nicht Gesetzgeber der
philosophirenden Vernunft seyn.„

Was den Beweis betrifft, der aufser dem, den
diese Deduction selbst geben soll, geführt werden
kann

kann, so suche ich vergebens einen solchen in den
Lehrbüchern der Philosophen. Die Argumente,
die der scharfsinnige Herr Hufeland *) gegen
diese Rechte anführt, sind nicht Argumente gegen diese Rechte überhaupt, sondern nur gegen
eine besondere Bestimmung derselben, nach welcher sie solche Rechte seyn sollen, die ich vor andern Menschen beweisen kann.

Was den Beweis betrifft, den die Deduction
selbst geben soll, so bitte ich folgendes zu heden-
ken. Ein Beweis, der so lautete: es giebt keine
äufsern Rechte, weil sich aus dem Sittengesetz keine ergeben, würde mit andern Worten so heifsen:
es kann keine äufsern Rechte geben, weil — wir
keine beweisen können. — Wer verbürgt es
denn, dafs jene Deduction richtig ist? Ihr Daseyn
beweist noch nicht ihre Richtigkeit. Nur dann,
wenn es apodictisch erwiesen wäre, dafs jener Weg
der einzige richtige seyn könnte, nur dann wäre
die Unmöglichkeit der äufsern Rechte erwiesen
und das Problem des gemeinen Menschenverstandes von der philosophirenden Vernunft dadurch
gelöst, dafs sie die Nicht - Realität der äufsern
Rechte

*) Naturrecht, neue Aufl. §. 172. 1.

Rechte erwiesen und gezeigt hätte, daß dieselben
auf keine Weise sich den Namen der Vernunftrechte anmaafsen könnten. So lange aber dieser Beweis nicht geführt ist, so lange darf der gemeine
Menschenverstand die philosophirende Vernunft in
Anspruch nehmen. Sie hat ihr Problem nicht gelöst, sie hat es unbeantwortet gelassen; nicht die
Unmöglichkeit der äufsern Rechte erwiesen, sondern nur gezeigt, dafs es ihr auf diesem Wege
unmöglich sey, äufsere Rechte zu finden. Er
mufs daher von der Vernunft fordern, dafs sie ihm
entweder die Richtigkeit ihres Wegs, und dadurch
die Richtigkeit äufserer Rechte streng erweise, oder
aber einen andern Weg betreten, auf dem ihr Problem beantwortet, und die Möglichkeit äufserer
Rechte erwiesen werden kann. — Der gemeine
Menschenverstand hat auf diese Weise nicht das
Geschäft eines Gesetzgebers, sondern das Geschäft
eines Fragers. Er hat nicht das Recht, der Vernunft vorzuschreiben, wie sie sprechen, sondern
nur das Recht zu fordern, dafs sie ihm auf seine
Frage eine Antwort, und zwar eine bestimmte
Antwort geben soll.

Und

Und gesetzt nun, es liefse sich die Unmöglichkeit äufserer Rechte erweisen ; es liefse sich zeigen, dafs die absolute Rechtsdeduktion, welche
von dem Sittengesetze ausgeführt wird und die
äufsern Rechte ausschliefst, die einzig richtige sey,
so wäre dadurch zugleich erwiesen, dafs das Naturrecht seinem Inhalte nach von der Moral dnrch
aus nicht verschieden sey.

Soll das Naturrecht eine von der Moral abgesonderte Wissenschaft seyn, so mufs es sich nicht
blos durch seinen Gegenstand überhaupt (durch
Rechte) von ihr unterscheiden, sondern es mufs
auch eine weitere Sphäre der Handlungen bestimmen, als sie. Werden nun äufsere Rechte von
dem Naturrechte ausgeschlossen, so wird es blos
auf das Erlaubte beschränkt, und wir haben dann
nichts weiter, als eine Moral mit einem andern
Namen, und höchstens aus einem andern Gesichts-
punkte betrachtet. Es lehrt dann, was nach dem
Sittengesetz blos erlaubt ist, wie die Moral; es
lehrt, was nach dem Sittengesetz, nicht blos erlaubt, sondern zugleich geboten ist, wie sie, und
hat nun mit ihr eine und dieselbe Sphäre. Wir
brauchen dann, um ein natürliches Gebäude zu

er-

errichten, weiter nichts zu thun, als den Gesichts-
punkt der Moral etwas abzuändern, und statt,
dafs diese auf die Pflichten ihr Hauptaugenmerk
richtet, nur auf das Erlaubte, das durch jede
Pflicht bestimmt wird, vorzüglich Rücksicht nehmen, und statt, wie sie zu fragen: was soll ich
thun? zu fragen: was darf ich thun? Auf diese
Weise hätten wir freilich ein Gebäude errichtet,
aber ein Gebäude, das sich nur durch seine Ueber-
tünchung, oder durch die Aufschrift, die man
ihm gegeben, von dem der Moral unterschiede.

„Aber das Naturrecht hat doch Rechte zum
Gegenstande, und hiedurch wird sein Unterschied
von der Moral bestimmt.„

Worin aber bestehn denn diese Rechte? in
nichts weiter, als in einem moralischen Erlaubtseyn, in der moralischen Möglichkeit, und in
diesem Sinne lehrt auch die Moral Rechte. Es ist
also auch durch das Objekt des Naturrechts überhaupt, keine Unterscheidung dieser Wissenschaft
von der Moral möglich. — Das Wesen des
Rechts besteht in nichts weiter, als in der moralischen Möglichkeit, der Inhalt desselben
in

in nichts weiter, als in dem **moralisch - möglichen.** Sowohl der Gegenstand, als auch die
durch denselben bestimmte Sphäre der Handlungen sind also nach dieser Theorie mit einem Theile der Moral identisch, und ein realer Unterschied
zwischen beiden Wissenschaften ist unmöglich.
Das Naturrecht ist dann nichts weiter, als ein
Theil der Moral, und hat denselben Inhalt, wie
sie, nur mit dem Unterschied, daß wir dem Erlaubten, das in der Moral nichts weiter, als das
Erlaubte war, nun den Namen **Recht** beilegen.

„Aber laßt uns noch etwas tiefer in diese
Theorie eindringen! Das Recht soll durch das
Sittengesetz bestimmt werden, und zwar dadurch,
daß dieses ein Erlaubtseyn bestimmt, in welchem
das Recht besteht. Es fragt sich nun: kann das
Recht in einem bloßen Erlaubtseyn bestehen? ist
es weiter nichts, als das vom Sittengesetz be- .
stimmte Erlaubtseyn? Um aber richtig auf diese
Frage antworten zu können, müssen wir uns mit
dem Sinn der Gegner vertraut machen, und fragen, was heißt das: ein Erlaubtseyn wird durch
das Sittengesetz bestimmt?

Die

Die moralische Vernunft kann etwas entweder **positiv** oder **negativ** bestimmen. Es wird etwas positiv durch die moralische Vernunft bestimmt, wenn sie ein activer Grund des Gegebenen ist, wenn sie **thätig** etwas hervorbringt. Negativ aber wird etwas durch die moralische Vernunft bestimmt, wenn sie nicht activer Grund des Gegebenen ist, nicht selbstbestimmend, sondern blos **ruhend** gedacht wird. Das von der Vernunft negativ-bestimmte ist dann nicht im eigentlichen Sinne von der Vernunft bestimmt (in wie ferne wir bei dem Bestimmen eine Thätigkeit, eine Aktivität voraussetzen. Es existirt nur dadurch, dafs es an die Vernunft (in wie ferne sie thätig ist) oder an etwas durch dieselbe thätig Hervorgebrachtes gehalten und nun ausgesagt wird, dafs es **nicht** durch das Sittengesetz thätig bestimmt, und darum ihm nicht widersprechend sey. Die moralische Vernunft ist auf diese Weise nicht ein positiver Grund des Vorhandenen, sondern nur ein negativer Grund — eine conditio sine qua non, in wie ferne, wenn kein Sittengesetz vorhanden wäre, auch nichts ihm nicht widersprechendes vorhanden seyn könnte. —

Die

Die moralische Vernunft ist das Vermögen der Vernunft Gesetze zu geben, und ihr Wesen besteht darin, daß sie dem menschlichen Willen Gesetze vorschreibt, welche, wenn sie ihn durch Nothwendigkeit beschränken, Verbote, wenn sie ihn durch Nothwendigkeit antreiben, Gebote heifsen. Das Erlaubtseyn besteht in einer Freiheit, d. h. der Wille, in wie ferne ihm etwas erlaubt ist, ist nicht beschränkt. Da nun die moralische Vernunft das Vermögen der Pflichten ist; so kann sie das Erlaubtseyn nicht positiv bestimmen. Sie kann, vermöge ihrer Natur, nur Pflichten hervorbringen, nur Pflichten positiv bestimmen; das positive Bestimmen des Erlaubtseyns durch das Sittengesetz widerspricht der Natur desselben. Mithin mufs das Erlaubtseyn negativ von dem Sittengesetz bestimmt werden. — Das Sittengesetz, als thätig, erlaubt nichts, aber es erlaubt, in wie ferne es nicht thätig ist, sondern als ruhend betrachtet wird.

Dies ist auch der Sinn, den die Vertheidiger dieser Deduction den Ausdrücken: das Sittengesetz giebt ein Erlaubtseyn, erlaubt etwas u. s. w. unterlegen. — Wir haben diese Behauptung nun

ver-

verstanden, und können zu einer Prüfung derselben übergehen.

Besteht das Recht in weiter nichts, als in dem Erlaubten, so ist es n i c h t s, so ist es eine blofse N e g a t i o n, der durchaus keine realen Prädikate zukommen können. Das Erlaubtseyn wird vom Sittengesetz negativ bestimmt, es besteht darin, dafs das Vernunftgesetz von einer Handlung entweder ganz (total) oder zum Theil (partial) abgezogen, mithin in Betracht dieser Handlung nichts als bestimmend, als thätig, sondern als ruhend betrachtet wird. Das Erlaubtseyn besteht daher in nichts weiter, als in der A b w e s e n h e i t einer Nöthigung, in einer Freiheit, deren Wesen in einem N i c h t v e r b o t e n s e y n besteht. ——— Wenn ich sage, es ist mir etwas erlaubt, so sage ich nichts weiter, als das Sittengesetz schweigt hierüber; es verbietet mir diese Handlung nicht, und ich habe daher die Freiheit vor dem Sittengesetz so zu handeln. Das Erlaubtseyn ist also weiter nichts, als eine blofse Negation, die Abwesenheit von etwas Realem (der Pflicht) und das Recht, wenn es in nichts, als in diesem Erlaubtseyn besteht, ist ebenfalls ein blo-

fses

fses N i c h t s , eine Negation, ohne alle realen Prädikate *).

Die-

*) Man könnte mir hier einwenden: Eine Nega-
tion ist gleichwohl etwas reales für die Em-
pfindung und für den Verstand; mithin ist
dieser Einwurf gegen das Recht als eine moralische Moglichkeit ohne Bedeutung. —
Allerdings ist eine Negation etwas f ü r u n s .
Der Schatten von einem Hause, von einem
Baume afficirt mich eben so sehr, als Licht
und Sonnenschein, und unser Verstand hat
von der Finsternifs einen Begriff, wenn schon,
um in Locke's Sprache zu reden, die Ursachen desselben p r i v a t i v e Ursachen sind.
Davon ist aber auch gar nicht die Rede, sondern davon: ob die Gegenstände selbst, welche aus Verneinungen bestehen, etwas Reales sind? Und da wird wohl niemand anstehen,
diese Frage zu verneinen. Der Schatten ist
die Privation des Lichts, das Schwarze die
Privation aller Farben. Diese Gegenstände
sind daher an und für sich (ich rede nicht
von dem Dinge an sich) Nichts, — Negationen realer Gegenstände. Es ist daher auch
dem Verstande unmöglich, positive, in diesen Gegenstanden selbst gegründete i n n e r e
Merkmale, an denselben zu denken. Alle
Prädikate, die er ihnen beilegt, sind nur

Dieses trifft nicht blos die freien, sondern
auch die verbindlichen Rechte, in wie ferne sie
nichts weiter, als in einem Erlaubtseyn bestehen
sollen. Freie Rechte sollen in einem absoluten
Erlaubtseyn bestehen, in dem, was blos möglich, schlechthin der Willkühr überlassen ist.
Verbindliche Rechte sollen in dem relativen
(bedingten) Erlaubtseyn bestehen, d. h. nicht in
den blos möglichen, sondern in dem einzig
möglichen, wo eine Pflicht das Erlaubte bestimmt. Das blofse Erlaubtseyn findet nur bei
moralisch-indifferenten Handlungen, bei solchen
Handlungen statt, wo gar keine Entscheidung
nach

solche, welche ihm entweder in Beziehung
auf uns oder die von denselben zu verneinen-
den Gegenstände zukommen. — Nicht anders ist es mit dem Recht, als einer blofsen
moralischen Möglichkeit gedacht, welche
zwar beim ersten Anblick etwas Positives in
das Subjekt realiter gesetztes, aber wenn man
es etwas genau zergliedert, sich in eine Abwesenheit der den Willen beschränkenden
Nöthigung (des Verbots) und ein hieraus
entspringendes Gefühl einer Freiheit (Unbe-
schränktheit) der Willkühr auflöst, an sich
also Nichts ist.

nach moralischen Gründen möglich ist, und das Sittengesetz weder gebietet noch verbietet, dieses also ganz als ruhend betrachtet wird. Das bedingte Erlaubtseyn entspringt daraus, daß das Sittengesetz, in wie ferne es verbietet, also blos ein Theil des Sittengesetzes, als ruhend betrachtet wird. — Wenn das Sittengesetz gebietet, wenn es bei einer (positiven oder negativen) Handlung sagt: du sollst, so erlaubt es mir auch diese Handlung, und sagt: du darfst. Denn, indem es mir diese Handlung gebietet, (durch Nothwendigkeit meinen Willen antreibt) verbietet es mir dieselbe nicht (beschränkt es nicht meinen Willen durch Nothwendigkeit). Und dieses Nicht verbieten, diese Abwesenheit einer beschränkenden Nothwendigkeit heißt ein Erlaubtseyn — und zwar ein bedingtes, relatives Erlaubtseyn, in wie ferne diese Freiheit durch die Pflicht bedingt und nur zum Theil, nicht schlechthin eine Freiheit ist. —

Es ist daher weder bei den freien noch bei den verbindlichen Rechten, das Erlaubtseyn etwas Reales, es ist in beiden Fällen weiter nichts, als eine bloße Negation, die aus der Abwesenheit der

Thä-

Thätigkeit des Sittengesetzes und des durch dasselbe hervorgebrachten Gebots oder Verbots entspringt. In beiden Fällen ist daher auch das Recht, sobald es blos in das Erlaubte gesetzt wird Nichts. Denn durch das Erlaubtseyn wird nichts reales in das Subjekt gesetzt, es drückt blos eine Verneinung, ein Nichtverbotenseyn aus, und wenn wir sagen, daſs einem Subjekte etwas vom Sittengesetze erlaubt sey, so sagen wir nichts weiter, als daſs dasselbe etwas nicht solle und auch nicht nicht solle, oder aber, daſs es nicht nicht solle, weil es solle. — Das moralische Erlaubtseyn gehört daher in die Zahl der Dinge, die eigentlich keine Dinge sind, und zwar für uns etwas, aber an sich nichts sind, so wie Finsterniſs nur die Abwesenheit des Lichts und die schwarze Farbe eigentlich die Abwesenheit aller Farben ist *).

Fichte

*) Das Unbestimmte in dem Begriff des Erlaubtseyns, den ich weder in einer Moral, noch in einem Naturrechte, bestimmt und entwickelt finde, gehört wohl unter die Hauptursachen, welche die Rechtslehrer bisher irregeführt und in dem Irrthum erhalten haben. Hatte man bestimmt eingesehen, daſs das

110

Fichte, der dies einsahe, wie es auch wohl mehrere eingesehen haben, sucht das Recht aus dem Erlaubtseyn dadurch herzuleiten, dafs er sagt *): „Was man wegen des Stillschweigens des Gesetzes darf, heifst, in so ferne es auf das Gesetz bezogen wird, negativ, nicht unrecht, und in so ferne es auf die dadurch entstehende Gesetzmäfsigkeit des Triebes bezogen wird, positiv ein Recht." Durch diese Beziehung aber wird die Negation immer noch nicht in etwas reales verwandelt. Der Trieb wird gesetzmäfsig, heifst nichts weiter, als die Befriedigung des Triebes ist erlaubt, nicht verboten. Die Negation bleibt daher immer, und ihre Beziehung giebt ihr keine Realität. Man mag das Erlaubtseyn auf das Sittengesetz oder auf den dadurch gesetzmäfsigen Trieb beziehen, so bleibt es immer ein Erlaubt-

Moralische-Erlaubte nur eine blofse Verneinung sey, so würde man wohl schwerlich das Recht, das man doch so gewöhnlich der Pflicht zur Seite stellt, und auch zur Seite stellen mufs, seinem Wesen nach in jenes moralische Vacuum gesetzt haben.

*) Kritik aller Offenbahr. n. A. S. 33.

laubtseyn — d. h. eine Negation. Und doch ist das Recht eben so gewiſs etwas reales und positiv in das Subjekt gesetztes, als die Pflicht, wie dies aus einer auch nur flüchtigen Vergleichung beider Begriffe erhellen muſs. —

Wie kann denn auch das Recht unter der Voraussetzung, daſs es weiter nichts, als dieses Erlaubtseyn ist, etwas von der Vernunft Gegebenes, durch Vernunft vorhandenes genannt werden? — Das Sittengesetz kann nur Pflichten geben, das Erlaubtseyn entspringt aus dem Schweigen, aus der (totalen oder partialen) Unthätigkeit des Sittengesetzes. Das Erlaubtseyn wird daher nicht durch das Sittengesetz gegeben, es entspringt nur aus demselben; das Sittengesetz ist nicht die caussa efficiens des Erlaubtseyns, sondern nur die conditio sine qua non desselben, in wie ferne, wenn es kein Sittengesetz und keine Pflichten gäbe, auch keine Verneinung der Pflichten, mithin kein Erlaubtseyn geben könnte *).

Be-

---

*) Denn jede Verneinung setzt eine Bejahung, jede Negation eine Realität als conditio sine qua non voraus. „Niemand kann sich, sagt

Besteht daher das Recht aus nichts, als diesem Erlaubtseyn, so ist es nichts durch Vernunft gegebenes, durch Vernunft hervorgebrachtes; es
steht mit ihr nicht im Verhältnifs der Ursache
und Wirkung, und ist für sie schlechterdings
gleichgültig, in wie ferne es mit ihr nicht positiv verknüpft ist, nicht durch sie sein Daseyn
hat und mit ihr nur in einem äufsern und zufälligen Verhältnisse steht.

Alles, was einer Regel gemäfs ist, ist recht.
Alles was dem Sittengesetze gemäfs ist und ihm
nicht widerspricht, ist recht *). Was erlaubt
ist,

Kant (Krit. der r. V.) eine Verneinung bestimmt denken, ohne dafs er die entgegengesetzte Behauptung zum Grunde liegen habe.
Der Blindgebohrne kann sich nicht die min-
deste Vorstellung von Finsternifs machen,
weil er keine vom Licht hat; der Wilde nicht
von der Armuth, weil er den Wohlstand
nicht kennt. Alle Begriffe der Negationen
sind also abgeleitet. „

*) Das Adjectiv: recht, läfst keinen Compa-
rativ zu. Zwischen recht und unrecht
liegt kein Drittes, wie Herr Fichte und

ist, widerspricht dem Sittengesetze nicht, folglich ist es recht, und wir haben daher ganz richtig gesprochen, wenn wir sagen, alles was erlaubt ist, ist recht. Dies ist ein analytischer Satz, denn es wäre widersprechend, wenn das Erlaubte nicht recht

mehrere bemerkt haben und ich wüfste niemand, der sich bestimmter und schöner über den Grund dieser Erscheinung erklärt hätte, als Cicero in Paradox. III. In quo peccatur, sagt er, id potest aliud alio majus esse, aut minus: ipsum quidem illud peccare, quoquo verteris, unum est. Auri navem evertat gubernator, an paleae; in re aliquantulum, in gubernatoris infcitia nihil interest. Lapsa est libido in muliere ignota, dolor ad pauciores pertinet, quam si petulans fuisset in aliqua generosa ac nobili virgine: peccavit vero nihilo minus. Si quidem est peccare tanquam transilire lineas: quod cum feceris, culpa commissa est: quam longe progrediare, cum semel transieris, ad augendam transeundi culpam nil pertinet. Peccare certe licet nemini. Quod autem non licet, id hoc uno tenetur, si arguitur non licere. Id nec maius, nec minus unquam fieri potest: quoniam in eo est peccatum, si non licuit.

H

recht seyn sollte, da in dem Begriff des Erlaubten
schon der Begriff der Gemäfsheit mit dem Gesetze
liegt, und: Gemäfsheit mit dem Gesetz, und:
recht Wechselbegriffe sind. Aber: d a s R e c h t
mufs von dem, w a s r e c h t ist, genau unterschieden werden. Beides sind zwei von einander
durchaus in ihrem Wesen verschiedene Begriffe,
wie dies auch nur bei der geringsten Reflexion
über dieselben erhellen mufs. — Man halte die
Ausdrücke: die Erhaltung meines Lebens ist
r e c h t, und: ich habe zur Erhaltung meines Lebens e i n R e c h t, neben einander und sehe! —
dort sehe ich weiter nichts, als die Abwesenheit
eines Verbots, eines Widerspruchs gegen das Sittengesetz; hier mehr als dies — eine Heiligkeit
der Handlung, eine Unverletzlichkeit derselben.
Bei dem Gedanken an das, was mir erlaubt und
recht ist, bleibe ich kalt; bei dem Gedanken an
mein Recht fühle ich mich erhaben. Beruhigt
blicke ich in mein Inneres, wenn ich finde, dafs
das, was ich that, recht war; aber frei und muthig blicke ich um mich her, wenn ich weifs, dafs
ich e i n R e c h t habe. — Das Adverbium:
recht, drückt, wie dies seine Etymologie zeigt,
nichts weiter aus, als: g e r a d e, d. h. einer

Norm

Norm gemäfs, und wird promiscue bei sinnlichen und moralischen Gegenständen gedraucht. Ein Recht aber ist ein Attribut der Person, nicht der Handlung, wie das rechte, so gewifs als Pflicht ein Attribut der Person ist. Wir sagen ja auch: er thut recht; wenn jemand dem Rechte gemäfs handelt. Das Recht ist also selbst eine Norm für das, was recht ist, von diesem durchaus verschieden, und von ihm als Attribut der Person vorausgesetzt.

Aus dem Sittengesetz kann daher wohl das rechte, aber nicht das Recht, abgeleitet werden, und nur durch eine Verwechselung der Begriffe, indem das rechte mit dem Recht, eine Abwesenheit des Widerspruchs gegen das Sittengesetz, mit einer von der Vernunft zugestandenen Freiheit, ein Attribut der Handlung mit einem Attribut der Person verwechselt wird, ist eine solche Ableitung des Rechts möglich. Aus dem Erlaubtseyn, aus dem, was dem Sittengesetz nicht widerspricht, (denn in nichts mehr kann das Erlaubtseyn bestehen), resultirt das rechte. Aber das Recht, das doch wohl mehr als ein blofser Nichtwiderspruch mit dem Sittengesetze,

das

das eine von der Vernunft selbst zugestandene, gegebene Freiheit seyn soll, kann nicht aus diesem
Erlaubtseyn resultiren.

Wenn man die Lehrbücher des Naturrechts
von den Vertheidigern der absoluten Deduktion
zur Hand nimmt, und nun sieht, wie sie ihr Recht
aus dem Sittengesetz deduciren, so kann man sich
nicht genug wundern, wie sonst so scharfsinnige
Männer die Mängel und Sprünge ihrer Ableitung
so ganz übersehen haben, und sich konnten eine
so grofsen Verwirrung der Begriffe zu Schulden
kommen lassen. Ueberall verwechseln sie recht
mit einem Recht, nehmen beide für synonim;
deduciren das rechte aus dem Sittengesetz, und
glauben nun das Recht aus dem Sittengesetz
deducirt zu haben. Daher man auch hier, ohne
zu wissen wie? — zum Begriff des Rechts gelangt,
und wenn man sich der Leitung dieses Systems
überläfst, ohne den Uebergang auffinden zu können, sich auf dem Felde der Rechte erblickt, wenn
man nur einen Augenblick vorher sich auf dem
Felde des rechten befunden hat. „Wie hat Ihnen
doch der Sprung entgehen können, fragt Hey-
den-

denreich den Herrn Iacob *), den Sie vom
recht seyn, auf Recht haben, machen? wie
konnten Sie sich selbst verbergen, dafs das recht
in recht seyn, ganz etwas anders heifse, als
das Recht in: Recht haben?„ Herr Heydenreich hat gewifs ganz richtig gefragt, und
sein scharfsinniger Gegner wird ihm, glaube ich,
keine befriedigende Antwort geben können. —
Eine Deduktion des Rechtsbegriffs aus dem Sittengesetz ist nur durch einen Sprung von recht
seyn auf Recht haben, und durch eine Verwechselung beider Begriffe möglich.

Ich kann mich nicht enthalten, eine Stelle
aus den Schriften eines um das Naturrecht sehr
verdienten Mannes, des Herrn Prof. Hufeland**)
anzuführen, um an einem Beispiele zu zeigen, wie
die Vertheidiger dieser Deduktion zu ihrem Rechtsbegriff gelangen. „Bei einiger Aufmerksamkeit
auf den Gebrauch der Sprache des gemeinen Lebens

---

*) Annalen der Philosophie. Sept. 1795. Anz.
   St. 41.

**) Versuch über den Grundsatz des Naturrechts.
   S. 31.

hens, sagt er, zeigt sich, daſs das r e c h t ist,
was man thun d a r f, daſs nichts recht seyn kann,
was man nicht thun darf; ferner, daſs ich auch
e i n R e c h t habe, das zu thun, was ich d a rf.
Man sieht also, daſs hier die Bedeutungen des
Substantivs und Adjektivs zusammenkommen und
ganz einerlei sind. „ Hier ist, wo ich nicht irre,
ein sehr groſser Sprung zum Ziele gethan. Recht
(adverb.) ist alles, was ich thun darf; nun habe
ich ein Recht zu allem, was ich thun darf, also
ist recht und ein Recht synonim, und ein Recht
besteht in einer moralischen Möglichkeit, oder
wie sich Herr H u f e l a n d bestimmter ausgedrückt
zu haben glaubt, in einem vom Sittengesetz bestimmten Vermögen. Aber wo ist in dieser
Schluſsreihe das verbindende Mittelding? wo der
Grund von dem Darum? — Daſs ich zu allem ein
Recht habe, was erlaubt ist, mag ganz wahr
seyn. Dies ist aber doch wohl etwas ganz anders,
als wenn ich sage: das Recht selbst besteht in einem Erlaubtseyn. Jenes heiſst nichts mehr und
nichts weniger, als die Materie des Rechts ist das
Erlaubtseyn, das rechte, und doch ist die Folge,
also sind recht und ein Recht in ihrem Wesen einerlei.

nerlei, und dieses, so wie jenes, hat das Erlaubtseyn zu seinem nothwendigen Charakter.

Zu den bisher angeführten Argumenten gegen die Gültigkeit dieser Deduktion kommt noch
folgendes. Das Recht soll ich mit Zwang durch-
setzen können, ich soll einen jeden, der mich in
meinen Rechten kränken will, nach Naturgesetzen
bestimmen können. Wie kann aber nach diesem
System die Rechtmäfsigkeit des Zwangs erwiesen
werden? In der That sind auch die Vertheidiger
dieser Theorie in grofser Verlegenheit, wenn es
auf diesen Punkt kommt, und sie lassen entweder
das Zwangsrecht in ihr System hineinschlüpfen,
ohne dafs man weifs, wie es hineingekommen ist,
oder sie werden ihrer Theorie ungetreu und nehmen zu der relativen Deduktion ihre Zuflucht,
wo sie aus der Pflicht des andern, die Rechtmäfsigkeit des Zwangs erweisen.

Das Erlaubtseyn entsteht aus einem Still-
schweigen des Gesetzes, und ist weiter nichts,
als ein Nichtverbothenseyn. Möglichkeit des
Zwangs ist daher in seinem Begriff noch nicht
gegeben, es mufs noch etwas hinzukommen, was
die

die Möglichkeit des Zwangs bestimmt? es muſs einen Grund geben, warum mit dem Erlaubrseyn Zwang verbunden ist? warum ich selbst vernünftige Wesen, wenn sie mich in der Ausübung des Erlaubten stören, nach Naturgesetzen behandeln darf? — Welches ist nun dieser Grund?

„Das Sittengesetz gebietet es mir, mich nicht als willkührliches Mittel zu willkührlichen Zwecken behandeln zu lassen, es giebt die Pflicht, mich durch Zwang gegen die Gewaltthätigkeiten des andern zu schützen, und das, was es mir erlaubt, mit Gewalt durchzusetzen. Nun ist mir alles, was ich soll, erlaubt, alles Erlaubte ist ein Recht, folglich habe ich ein Recht, meine Rechte mit Zwang zu erhalten.„

So könnte man mir antworten, und nichts scheint wohl beim ersten Anblick bündiger und überzeugender, als diese Schluſsreihe, — Aber es scheint auch in der That nur so. Eine nähere Ansicht wird uns ohne viele Mühe von dem Gegentheil überzeugen.

Vor

Vor das Erste. Es kann uns schlechterdings nicht in allen Fällen eine Pflicht zum Zwange erwiesen werden. Da wo die Würde meiner Persönlichkeit ins Spiel kommt, wo man mich an der Ausübung meiner Pflichten hindern, und auf dem Weg zum Ziele meines Daseyns zurückhalten will, da habe ich freilich die Pflicht, mein Recht mit Gewalt zu behaupten. Aber habe ich denn nicht auch ein Zwangsrecht, wo diese Bedingung nicht statt findet? habe ich nicht öfters ein Zwangsrecht, wo die Ausübung des Zwangs offenbar der Moralität zuwider ist? — Müssen wir dem reichen Gläubiger nicht das Recht zugestehen, seinen armen Schuldner ins Gefängniß zu werfen? und pflegen wir nicht in diesem Falle zu sagen: der Mann hat freilich ein Recht hierzu, aber er handelt sehr unmoralisch? das summum jus summa injuria ist ja auf allen Zungen. Der Zwang kann also hier auf keine Weise geboten seyn, oder das Sittengesetz ist ein unvernünftiges Gesetz, da es sich so sehr widersprechen kann. — Ich habe aber auch Zwangsrechte bei moralisch-indifferenten Handlungen, oder, wie die Philosophen sagen, bei freien Rechten, welche durch das bloße Erlaubtseyn bestimmt werden. Wie kann denn hier

das

das Sittengesetz Zwang gebieten? welches ist denn
hier das Medium, wodurch, der Grund, warum das Sittengesetz eine Pflicht zum Zwange mit
dem Recht verbindet?

Aber es giebt noch ein zweites Argument gegen jene Schlufsart. Wo ich das Recht habe, den
Zwang auszuüben, da habe ich auch das Recht,
den Zwang zu unterlassen. Ich bin vollkommen
berechtigt, meinen Schuldner zur Bezahlung zu
zwingen, ihn, wenn ich will, in das Gefäng-
nifs zu werfen, bis er mich in meiner gerechten
Forderung befriedigt; ich habe aber auch das
Recht so zu handeln, wie es mir die Humanität
und Billigkeit befiehlt, und ihm die Schuld entweder ganz zu erlassen, oder doch so lange zu war-
ten, bis er mir sie, ohne dafs es ihm wehe thut,
bezahlen kann. Setzet nun, der Zwang entspränge
aus der Pflicht zu zwingen, und das Recht zu
demselben würde durch das, was r e c h t ist,
durch das moralisch-mögliche und nothwendige
bestimmt, so könnte keine Willkühr in der Wahl
zwischen der Ausübung oder der Unterlassung des
Zwangs statt finden; so könnte ich nicht das Recht
haben, den Zwang zu unterlassen; ich hätte nur
das

das Recht, ihn auszuüben. Nur eins von beiden kann das Sittengesetz als recht bestimmen. Und wo es eines als recht bestimmt, da ist das andere unrecht.

„Aber wenn auch das Sittengesetz den Zwang nicht gebietet, so kann es ihn doch erlauben. Auf diese Weise ist es erklärbar, wie ich den Zwang ausüben und doch auch unterlassen kann. Das Recht wird hier durch das blofse Erlaubtseyn bestimmt; das Sittengesetz überläfst den Zwang der blofsen Willkühr. Ich habe daher das Recht, zwischen den zwei entgegengesetzten Handlungen zu wählen und entweder den Zwang auszuüben, oder zu unterlassen.„

Man kann mehreres gegen dieses Argument einwenden. Ich halte mich aber nur an einem einzigen Gegengrund, der alle andern Gründe überflüfsig macht. Ein blofses Erlaubtseyn kann doch nur bei moralisch indifferenten Handlungen statt finden; bei solchen Handlungen, wo durchaus keine Entscheidung nach moralischen Gesetzen möglich ist, — die gänzlich jenseits der Sphäre des Sittengesetzes liegen. Dies findet aber doch wohl

wohl nicht bei der Ausübung des Zwangs gegen
vernünftige Wesen statt; hier ist es doch wohl für
die Vernunft nicht gleichgültig, ob ich die Handlung thue, oder unterlasse. Ein Mensch wird
nach Naturgesetzen behandelt! ein freies Wesen
durch eine äufsere Ursache bestimmt! Wie kann
dies aufserhalb dem Gebiet des Sittengesetzes liegen? wie kann es dem Sittengesetz, um mich eines sinnlichen Ausdrucks zu bedienen, gleichgültig seyn, ob ein vernünftiges Wesen, als Sache
oder als Person behandelt werde? — Liegt nur
irgend etwas innerhalb den Gränzen des Sittengesetzes, so ist es dies. Das Sittengesetz hat hiebei
eine Stimme, es mufs hierüber etwas aussagen,
und wo das Sittengesetz spricht, da hört die Sphäre des blofsen Erlaubtseyns auf, da beginnt die
Sphäre des bedingten Erlaubtseyns — des ein-
zigmöglichen. Auf dem Gebiete des Moralgesetzes selbst giebt es kein blofses Erlaubtseyn; wo das Sittengesetz seine Stimme hören
läfst, da bleibt der Willkühr nichts überlassen —
findet keine Wahl zwischen entgegengesetzten
Handlungen statt. Was das Sittengesetz bestimmt,
das ist genau bestimmt, und man nehme was immer für eine Handlung, die auf dem Gebiet der

Sit-

Sittlichkeit gelegen und nicht moralisch-indifferent ist — überall wird man die strenge Bestimmung, die schärfsten Gränzen zwischen den recht und unrecht wahrnehmen *).

Da

*) Ich lege meiner Behauptung die Behauptung eines scharfsinnigen Mannes, des Herrn Dr. Löbel (in Schmidts philos. Journal, 3 Band. s. St.) unter. „So sehr und wiederholt ich mich auch bemüht habe, den Sinn dieser Idee (dafs das Sittengesetz etwas der blofsen Willkühr überlasse) zu begreifen, so hat sich derselben doch stets die Ueberzeugung entgegengestellt, dafs, in Rücksicht auf mein Vernunftgesetz, jedesmal nur eine einzige Handlung für mich nützlich sey, welche weit entfernt, irgend eine Willkühr zuzulassen, unter den Regeln der strengsten Nothwendigkeit steht. Und so viele Beispiele ich auch, in dieser Hinsicht, aufgesucht und zergliedert habe, so habe ich doch in keinem einzigen etwas gegen diese Behauptung antreffen können. Es ist wahr, bei einigen Handlungen scheint das Sittengesetz der Willkühr einigen Spielraum zu lassen, wie bei den Handlungen der Wohlthätigkeit. Wenn mir hier das Gesetz befiehlt; sey wohlthätig! so scheint es die Art wohlzuthun und den Gegenstand meiner Wohlthätigkeit der Willkühr zu über-

Da nun der Zwang keine moralisch - indifferente Handlung ist, da das Sittengesetz über denselben

lassen. Allein dies scheint es in der That auch nur. Indem mir das Gesetz die Wohlthätigkeit zur Pflicht macht, gebietet es mir zu gleicher Zeit, diese Pflicht auf die zweckmäfsigste Art, und gegen diejenigen Personen auszuüben, welche auf meine Unterstützung die meisten Ansprüche haben. Man verwechselt Willkühr und Bestimmung, allgemeine und besondere Möglichkeit mit einander. Meiner Bestimmung mufs es das obige Gesetz allerdings überlassen, auf welche Art und gegen wen ich wohlthätig seyn will — denn dieses Gesetz enthält nur eine allgemeine Vorschrift, deren Anwendung auf besondere Fälle dem Individuo überlassen bleibt — aber Willkühr findet hiebei eben so wenig statt, als bei irgend einer andern moralischen Handlung; denn zwei Fälle, in denen alle Bedingungen, sowohl bei der Art, als bei dem Gegenstande meiner Wohlthätigkeit, völlig gleich sind, werden niemals vorkommen. Die Möglichkeit auf diese oder jene Art, diesem oder jenem wohlzuthun, ist also blos eine allgemeine Möglichkeit — (in abstracto), in Beziehung auf die allgemeine Vorschrift des

selben nicht schweigt; blofse Möglichkeit, unbe-
dingtes Erlaubtseyn aber nur bei moralisch-indifferenten

Gesetzes; aber nicht die besondere, individuelle Möglichkeit (in concreto), in Beziehung auf die Person, welche nach dieser Vorschrift handelt. „ — In meiner Abhandlung:
Ueber den Begriff des Rechts (Nieth-
hammerisches philos. Journal. 1795. 6. Stück.
S. 152.) erklärte ich mich gegen diese Behauptung, und glaubte gegen Herrn Heydenreich und Herrn Prof. Schmidt (welche hierin mit Herrn Dr. Löbel übereinstimmen, das
Nichtwidersprechende einer blofsen Möglichkeit vor meinem eigenen Gewissen, darthun
zu können. Aber diese Behauptung beruhte
auf einem Mifsverständnisse: Ich glaubte
nämlich, dafs diese Philosophen mit dem Ausdruck: das Sittengesetz überläfst nie etwas
der blofsen Willkühr: das Nichtdaseyn mora-
lisch-indifferenter Handlungen leugneten, und
behaupteten, alle Handlungen des Menschen,
ohne Ausnahme, würden durch das Sittengesetz bestimmt, von demselben entweder geboten oder verboten, und ich hönnte keinen
Fufs und keine Hand bewegen, ohne entweder ein Gebot zu befolgen, oder zu übertreten. Eine solche Behauptung wäre in der
That ungereimt, und ihre Widerlegung kei-

ferenten Handlungen statt finden kann, und auf
dem Gebiete der Sittlichkeit, alles genau determi-
nirt ist, so kann der Zwang keine vom Sittengesetz der Willkühr überlassene Handlung seyn.

Das

nen Schwierigkeiten unterworfen. Aber eine
Aeuſserung des scharfsinnigen Herrn Heydenreich (in der Vorrede zum zweiten
Bande seines Naturrechts) und eine dadurch
veranlaſste Wiederholung des über diesen Gegenstand von ihm und Herrn Löbel gesagten, brachte mich von meinem Irrthum zurück. Sie behaupten nur, wenn anders dies
nicht ein zweites Miſsverständniſs ist, daſs
das Sittengesetz, sobald es etwas bestimmt,
darüber nichts unbestimmt läſst, und bei moralischen, d. h. bei solchen Handlungen über
die eine Entscheidung nach dem Moralgesetze möglich ist, keine.Willkühr statt finden
könne. Nichts ist gewisser, als diese Behauptung, und Herr Heidenreich hat vollkommen recht, wenn er behauptet, daſs der
Schein, durch den wir glauben, daſs uns etwas durch das Sittengesetz erlaubt sey, daher
rühre, „daſs wir die Anwendung der Gesetzgebung der Vernunft, welche die feinsten
Verhältnisse befaſst, nicht weit genug fort-
führe.„

Das Sittengesetz kann den Gebrauch oder die Unterlassung des Zwangs nur bedingt erlauben; es
muſs den Zwang entweder gebieten, oder verbieten. Ein Drittes ist unmöglich.

Man mag daher nach dieser Theorie einen
Weg einschlagen, welchen man wolle, so wird
man keinen giltigen Grund zu einem Zwangsrecht
aufweisen können, und kein Scharfsinn, er sey
auch noch so durchdringend, wenn er auf diesem
Weg ein Recht zum Zwange sucht, oder gefunden
zu haben glaubt, wird die Widersprüche, die aus
einer Deduktion des Zwangsrechts aus dem Sittengesetze entspringen, hinwegzuräumen im Stande
seyn.

Und sollte nun wohl noch jemand mit sich
selbst im Streite seyn, wie er die Frage wegen der
Brauchbarkeit dieser Rechtsdeduktion, beantworten solle? muſs nicht leicht ein jeder darüber einig werden, daſs das Recht entweder gar keinen
Grund, eine Rechtswissenschaft gar keine Realität habe, oder daſs jener Grund auf einem andern
Gebiethe gesucht, und diese Realität auf einem
andern Wege der Wissenschaft zugesichert werden

I   müsse.

müsse. ____ Muſs nicht eine Deduktion des Rechts
für die Vernunft unbefriedigend seyn, nach welcher:

1) kein äuſscres Recht,

2) keine Unterscheidung des Naturrechts von
der Moral möglich ist? Nach welcher

3) das Recht, das doch etwas durch Vernunft
gegebenes (positiv mit der Vernunft verknüpftes) und durch sie Hervorgebrachtes
seyn soll, in eine bloſse Negation, in etwas
nur negativ mit der Vernunft verknüpftes verwandelt, und mit dem r e c h t e n verwechselt wird; nach welcher

4) keine äuſsere rechtliche Freiheit möglich,
und

5) ein Beweis für die Zwangsrechte unmöglich
ist?

————

II. Künst-

II.

Künstliche Aushülfe. — Prüfung
derselben.

Die Ueberzeugung einerseits von der Unmöglichkeit des Naturrechts als einer von der Moral abgesonderten Wissenschaft, nach der gewöhnlichen
Darstellung der absoluten Rechtsdeduktion, ande-
rerseits aber von der Unhaltbarkeit der relativen,
(welche wir bald der Kritik unterwerfen wollen),
bestimmte einige Rechtslehrer zu einer künstlichen
Aushülfe, nach welcher das Recht aus einem
Grunde in dem berechtigten Subjekte selbst abgeleitet, und die Selbstständigkeit des Naturrechts
möglich werden soll. Diese Theorie beruht auf
folgenden Hauptmomenten, welche ich, so weit
dies möglich ist, mit den eignen Worten eines unsrer gründlichsten und scharfsinnigsten Philosophen, des Herrn Prof. Schmidt *), darstellen
will.

I 2   „ Es

---

*) Grundriſs des Naturrechts für Vorlesungen.
1795.

„Es giebt äufsere und innere Gesetze der Vernunft. Ein praktisches Gesetz heifst ein inneres (Pflichtgesetz, Gewissensgesetz), in so ferne es ein freies Wesen innerlich nöthiget und verbindet; ein äufseres (juridifches Rechtsgesetz), in so ferne dasselbe ein freies Wesen äufserlich nöthiget und zwingt."

„Die innerliche Gesetzgebung hat zum Zweck, positive Einstimmung der Freiheit mit dem Gebrauch meiner eigenen Freiheit und dem Gebrauch der Freiheit Anderer, und negative Einstimmung der Freiheit mit dem Gebrauch der Freiheit in mir selbst."

„Die äufserliche Gesetzgebung hat zum Zweck negative Einstimmung der Freiheit in mir, mit der Freiheit Anderer, und ihre Formel lautet folgendermaafsen: Dein Gebrauch der Freiheit zerstöre nicht den Gebrauch der Freiheit in andern vernünftigen Wesen."

„Inneres Recht ist, was der innern Gesetzgebung; äufseres Recht, was der äufsern Gesetz-

Gesetzgebung nicht widerspricht, und das Princip des äufsern vollkommnen Rechts lautet: **Jeder Gebrauch der Freiheit ist** *rechtmäfsig,* **welcher nach solchen Regeln geschieht, deren allgemeine Befolgung der Freiheit keines Vernunftwesens Abbruch thut.**„

Diese Theorie hat allerdings grofse Vorzüge vor der gewöhnlichen absoluten Deduktion. Denn was dort nur dem Namen nach existirte — Naturrecht als abgesonderte, von der Moral verschiedne Wissenschaft, ist hier in der Wirklichkeit vorhanden; und das forum externum als das eigenthümliche Gebieth des Naturrechts, von dem foro interno, als dem eigenthümlichen Gebiethe der Moral, genau abgesondert. Aber sie ist, was den Begriff des Rechts und den Erweis des Zwangsrechts betrifft, eben so wenig befriedigend, als die vorhin geprüfte, und in so fern von jener in nichts verschieden.

Recht ist das, was dem äufsern Gesetz, oder mit andern Worten, dem Gesetz der Gerechtigkeit **nicht widerspricht.** Sein Wesen besteht

steht also in einem durch das Gesetz der Gerechtigkeit bestimmten Erlaubtseyn, mithin in einer
Negation, in der Abwesenheit eines Widerspruchs mit dem Gesetz der Gerechtigkeit. Darum ist es auch nichts mit der Vernunft positiv
verknüpftes, realiter durch dieselbe gegebenes.

Was gegen den Erweis des Zwangsrechts bei
der obigen Deduktion erinnert worden, findet auch
hier wieder seine volle Anwendung. Das Zwangsrecht, als Bedingung der Ausübung meines Rechts
ist entweder nach dieser Theorie geboten, oder
erlaubt Der Zwang kann geboten seyn entweder
von dem äufsern Gesetz *), oder von dem innern.
Von dem äufsern Gesetz konnte er geboten seyn,
in

*) „Soll das Recht, sagt Herr S c h m i d §. 106.
sich nicht selbst widersprechen, so kann es
nicht allgemeines Gesetz seyn, dafs ein Vernunftwesen A. es leide, d. i. nicht verhindere,
wenn ein anderes Vernunftwesen B. dessen
Freiheit mit Widerspruch der seinigen gebraucht. Es ist also keinem allgemeinen Gesetze zuwider, dafs ein Vernunftwesen das
Andere an der Störung seiner Rechte hindere,
d. h. physische Gewalt anwende, um sein
eignes Recht gegen fremden Eingriff zu schützen. „

in wie ferne es verböte, die Kränkung meines
Rechts nicht durch Gewalt zu verhindern. Allein
das äufsere Gesetz verbietet nur das, wodurch
ich den Gebrauch der Freiheit anderer vernünftiger Wesen einschränke. Es widerspricht daher
nicht dem Gesetz der Gerechtigkeit, dem Eingriff
des Andern in meine Freiheit nicht zu widerstehen. Und gesetzt, das äufsere Gesetz geböte
Zwang, so wäre es schlechthin unrecht, von meinem Zwangsrecht etwas nachzulassen, und ein
jeder Dritter hätte ein Zwangsrecht mich zu zwingen, dafs ich mein Recht gegen das Unrecht des
Andern vertheidigte. — Von dem innern Gesetz
kann er eben so wenig geboten seyn; denn aufserdem, dafs das innere Gesetz nach dieser Theorie
ganz jenseits des Gebieths der philosophischen
Rechtslehre gelegen ist, und also hier gar keine
Stimme hat, würde dieser Beweis des Zwangsrechts denselben Einwürfen ausgesetzt seyn, welche eben vorgebracht worden sind. — Auch
kein Erlaubtseyn kann den Zwang bestimmen, weder ein Erlaubtseyn von dem innern noch dem
äufsern Gesetz, weder ein absolutes noch ein bedingtes. — Der Beweis von dieser Behauptung
liegt in dem bisher gesagten, in dem Wesen dieser

ser Theorie und dem Wesen sowohl der äußern, als innern Gesetzgebung.

Was aber vorzüglich die Unzulänglichkeit dieser Deduktion vor Augen legt, ist folgendes:

Wenn es ein Gesetz der Gerechtigkeit giebt, wie denn wirklich ein solches vorhanden ist, so folgt freilich, daß eine jede Handlung, die dem Freiheitsgebrauche anderer vernünftiger Wesen nicht widerstreitet, dem Gesetze der Gerechtigkeit nicht widerspreche. Dies bedarf keines Beweises. Denn es ist ein analytischer Satz, der mit andern Worten so lautet: Was dem Gesetz der Gerechtigkeit nicht widerspricht, das widerspricht ihm nicht. Aber der Satz: Jeder Gebrauch der Freiheit ist rechtmäßig, der der Freiheit keines Vernunftwesens Abbruch thut, ist synthetisch, und kann nicht unmittelbar aus dem Vorhandenseyn eines Gesetzes der Gerechtigkeit herfliesen. —— Rechtmäßig nenne ich die Handlung, welche dem Rechte gemäß ist, und die ich mit Zwang behaupten kann. —— Wie folgt aber diese Rechtmäßigkeit aller Handlungen, die dem äußern Gesetze nicht widersprechen, aus dem äußern

ſsern Gesetze, und wird nicht, indem man dieses behauptet, das rechtmäſsige unvermerkt dem bloſs nicht widersprechenden unterge-schoben? Daſs ich dem Gesetz der Gerechtigkeit nicht entgegenhandle, wenn ich unmoralisch hand-le, mir das Leben nehme, niemanden eine Wohl-that erweise, ist unmittelbar gewiſs. Aber daſs ich dazu berechtigt bin, folgt noch gar nicht aus diesem Nichtwidersprechen. Das Gesetz der Ge-rechtigkeit sagt ja auch: ich solle mit meinem Freiheitsgebrauch dem Freiheitsgebrauche anderer vernünftiger Wesen keinen Abbruch thun, und daraus folgt: daſs alle Handlungen, die diesem Freiheitsgebrauche nicht widersprechen, auch dem äuſsern Gesetze nicht widersprechen. Wo ist aber der Grund, der es mir sagt: warum ich zu allem berechtigt bin, was dem äuſsern Gese-tze nicht widerstreitet? Und wo ist dieser Grund zu suchen und zu finden? — Nicht in dem Ge-setze der Gerechtigkeit, wie gezeigt worden. Er muſs also höher liegen, als dieses Gesetz. Die Vertheidiger der Deduktionen aus dem Vernunft-gesetz müssen ihn daher entweder in dem Gesetz der Gerechtigkeit des andern, dem berechtigten

gegen-

gegenüberstehenden Subjekts, oder in dem innern
Gesetze des berechtigten Subjekts an sich, suchen.

Wie aber? wenn auch das Sittengesetz in dem
berechtigten Subjekt an sich, nicht der Grund des
Rechts seyn kann, kann denn nicht das Sittengesetz in dem berechtigten gegenüberstehenden bepflichteten Subjekt der Grund des Rechts seyn?
Ich gehe daher zu einer Prüfung der relativen
Deduktion über.

DRIT.

DRITTER ABSCHNITT.

Darstellung und Prüfung der relativen Deduktion aus dem Sittengesetz.

————

Die Vertheidiger dieser Deduktion sehen eben so wie diejenigen, welche zu einer künstlichen Aushülfe der absoluten Deduktion ihre Zuflucht nehmen, das Unbefriedigende der gewöhnlichen absoluten. Sie sind überzeugt, daſs das Recht weiter gehe, als das Dürfen; daſs das rechtlich mögliche eine weitere Sphäre habe, als das moralisch mögliche; daſs endlich die rechtliche Freiheit in dem System der Rechte, und die Würde des Naturrechts, als einer abgesonderten Wissenschaft, nach der Methode ihrer Vorgänger nicht behauptet werden könne.

Von diesen durchaus richtigen Voraussetzungen geleitet, stellen sie folgende Theorie der natürlichen Rechte auf, die in Betracht der Festigkeit ihrer Gründe und der Richtigkeit ihrer Resultate, vor jener Theorie einen entschiedenen Vorrang behauptet, und eben so sehr den Forderungen
gen

gen des schlichten Menschenverstandes, als „den
Forderungen der philosophirenden Vernunft Genü-
ge zu leisten scheint. Die Hauptmomente dieser
Deduktion, welche, wo ich nicht irre, Herr Dr.
Löbel nach kritischen Principien zuerst versucht
hat, sind folgende.

„Alles was dem Sittengeseste in mir nicht
widerspricht, ist moralisch - möglich, ist recht.
Von diesem recht unterscheidet sich das Recht,
welches sich von jenem sowohl in Hinsicht auf
sein Wesen, als in Hinsicht auf seine Sphäre, unterscheidet. Das Recht kann daher nicht aus dem
selbsteigenen Sittengesetze, sondern nur aus dem
Sittengesetz des Andern abgeleitet werden.„

„Die Verbindlichkeiten, die den Menschen
obliegen, sind entweder vollkommne oder unvollkommne.„

„Die unvollkommnen Pflichten haben das
Princip: Behandle jedes vernünftige
Wesen aufser dir als Zweck.„

„Die

„Die vollkommnen Pflichten haben das Princip: Behandle jedes vernünftige Wesen aufser dir niemals blofses Mittel zu deinen beliebigen Zwecken.„

„Mit der vollkommnen Verbindlichkeit niemand in seine Freiheit einzugreifen, ist die vollkommne Verbindlichkeit verknüpft, dem Zwang
des andern, den er der Uebertretung dieser Verbindlichkeit entgegensetzt, nicht zu widerstehen:„

„Folglich hat der andere die Freiheit, alles
das zu thun, wodurch er meine Freiheit nicht beschränkt, eine vollkommne Verbindlichkeit nicht
verletzt. Denn in diesem Fall hat er die Verbindlichkeit, meinem Zwange nicht zu widerstehen, und ich habe die Freiheit, ihn zu zwingen.„

„Aus diesem Verhältnifs des Subjekts zu dem
Sittengesetz des andern Subjekts entspringt nun
das Recht, und das Recht besteht in derjenigen
Bestimmung einer Person, die ihr zukommt, in
so ferne eine andre eine vollkommne Verbindlichkeit gegen sie hat.„

Diese

Diese Deduktion, die des Scharfsinns ihrer Urheber würdig ist, scheint über alle Einwendungen erhaben zu seyn, und alle Probleme, die nach der absoluten Rechtsdeduktion unmöglich aufgelöst werden konnten, vollgültig und mit der gröfsten Evidenz zu befriedigen. Ich begreife durch sie, wie das Naturrecht, als abgesonderte Wissenschaft möglich ist. Denn es bekommt hier eine viel gröfsere Sphäre als die Moral. Während es nach der absoluten Deduktion nur auf das moralisch-mögliche beschränkt war, wird es hier anf alles ausgedehnt, wodurch ich nicht in die Sphare der Freiheit eines andern eingreife. Während das Recht der absoluten Rechtsdeduktion nichts mehr und nichts weniger war, als das Erlaubtseyn der Moral, und auf diese Weise das Naturrecht auch in Betracht seines Gegenstandes überhaupt mit der Moral vermengt wurde, bekommt es hier einen besondern, von dem Gegenstande der Moral verschiedenen, Gegenstand — nicht das durch das Sittengesetz in mir erlaubte, sondern das, was durch das Sittengesetz, in wie ferne es andern obliegt *), in mich gesetzt wird, ist der Gegenstand des

*) Das bepflichtete Subjekt, in wie ferne es dem berechtigten gegenübersteht, wollen wir in

des Naturrechts, und die Wissenschaft der menschlichen Rechte tritt auch in dieser Hinsicht, in einer eigenthümlichen Gestalt und Würde auf. Ich
begreife auch nach dieser Theorie, wie die rechtliche Freiheit möglich ist. Denn das Recht wird
nicht durch das selbsteigne Sittengesetz des Subjekts A bestimmt. Ich sehe die Möglickheit äufserer Rechte. Denn, da ich zu allem berechtigt
bin, woran mich nicht zu hindern, der andere die
Pflicht hat, so habe ich zu allem ein Recht, wodurch ich andere vernünftige Wesen aufser mit
nicht als Mittel behandle; ich habe Rechte zu unmoralischen Handlungen. Endlich begreife ich
auch die Möglichkeit eines Zwangsrechts, denn A
hat die Verbindlichkeit, dem Zwang des Subjekts
B nicht zu widerstehen.

Lafst uns aber nicht bei der Oberfläche stehen
bleiben, sondern etwas tiefer in die Geheimgänge
dieser Theorie eindringen, und sie schärfer ins
Auge fassen. Vielleicht zeigt sich denn, dafs sie
eben so, wie die absolute, obgleich aus andern
Gründen unbefriedigend sey. Wir

Zukunft das Subjekt A, das berechtigte das
Subjekt B. nennen.

Wir machten der absoluten Deduktion aus dem Sittengesetze den Vorwurf, dafs durch sie das Recht in eine blofse Negation gesetzt werde, und hier wird es, wo möglich, in etwas, was noch weniger ist, als eine Negation, gesetzt. Mein Recht soll aus der Verbindlichkeit des Andern, die Rechtmäfsigkeit meiner Handlung soll aus der möglichen oder wirklichen Immoralität der Handlung des Andern entspringen. Ich soll darum ein Recht haben, weil der andere die Verbindlichkeit hat, mich an dieser Handlung nicht zu hindern, und weil ich es weifs, dafs ihm diese Verbindlichkeit obliegt. Wenn ich sage, ich habe ein Recht, so soll dies nur so viel heifsen: das Sittengesetz in der Person A verbietet dieser mich zu hindern. — Wird aber durch diese Verbindlichkeit in dem Subjekt A in das Subjekt B etwas realiter gesetzt? kann die mögliche oder wirkliche Ungerechtigkeit des Subjekts B die Rechtmäfsigkeit einer Handlung in dem Subjekte A begründen? — Daraus, dafs der andere die Verbindlichkeit hat, folgt freilich unmittelbar das, dafs er unrecht thut, auch welches ich hier zugeben will, das, dafs er die Verbindlichkeit hat, mir nicht zu widerstehen,

und

und ein zweites Unrecht begeht, wenn er d i e s e r
Verbindlichkeit zuwiderhandelt Aber geht durch
diese Verbindlichkeit im Subjekt A etwas Reales
in das Subjekt B über? wird durch die jenem
Subjekte realiter zukommende Bestimmung in dieses eine reale Bestimmung gesetzt? betrachte ich
das Subjekt B in Beziehung auf das Subjekt A,
so sehe ich als Resultat dieser Beziehung nichts
weiter für das Subjekt B begründet, als — e i n
N i c h t g e h i n d e r t w e r d e n d ü r f e n. Der
Bepflichtete hat die Verbindlichkeit, mich nicht
zu hindern, darum d a r f er mich nicht hindern,
und darum darf ich nicht gehindert werden. Es
wird mithin nichts reales in das berechtigte Subjekt gesetzt, keine reale Bestimmung für das Subjekt B begründet, und das Recht, wenn es aus
diesem Verhältmifs entspringen soll, sinkt zu einem blofsen Nichts herab Dieses beweisen uns
auch alle Definitionen des Begriffes Recht, welche
von den Vertheidigern dieses Systems vorgebracht
werden. Z. B. die Bestimmung des Herrn H o f-
b a u e r e i n R e c h t ist das P r ä d i k a t,
w e l c h e s e i n e m S u b j e k t i n s o f e r n e
z u k o m m t, a l s e i n e Zwangsverbind-

K   lich-

lichkeit gegen dasselbe vorhanden ist *).

Nach der absoluten Deduktion sehe ich doch die Möglichkeit eines Erlaubtseyns, welches, ob es gleich als Gegenstand unsers Verstandes nichts, doch für die Willensbestimmung etwas ist. Aber hier wird auch selbst dieses Erlaubtseyn aufgehoben. Was mir erlaubt ist, muſs mir von meiner eigenen Vernunft erlaubt seyn; wozu ich berechtigt bin, dazu muſs mich meine eigne Vernunft berechtigen. Dadurch, daſs dem andern die Verbindlichkeit obliegt, entspringt für ihn im Uebertretungsfall ein Unrecht; aber entspringt aus diesem Unrecht für mich eine Berechtigung? dadurch, daſs ich weiſs, daſs der Andere die Verbindlichkeit hat, mich nicht zu hindern, weiſs ich, daſs er mich nicht hindern darf; aber wie kann sein Unrecht meine Handlung rechtmäſsig machen? Gesetzt daher auch, ich wollte zugeben, daſs aus der Verbindlichkeit des Andern ein Recht

ent-

*) S. meine Abhandlung: Ueber den Begriff des Rechts. Niethammers Journal, 6. Stück. 1795.

entspringen könne, so müfste ich immer noch
fragen; wodurch denn, durch welches Medium,
ich ein Recht zu einer Handlung, vermöge der
Verbindlichkeit des andern mich an derselben
nicht zu hindern, bekomme? welches der Grund
davon sey, dafs meine Handlung durch die Un-
rechtmäfsigkeit des Andern rechtmäfsig werde?
Und es könnte auf keine andere Weise diese Frage beantwortet werden, als dadurch, dafs man
zeigte, wie die selbsteigne Vernunft des Berechtigten, das blofse Nichtgehindert werden dürfen
zu einem Recht erhöbe, mir eine Berechtigung zu
dem ertheilte, woran ich, vermöge dem Moralgesetz des Andern, nicht gehindert werden darf.
In der Berechtigung zu einer Handlung liegt doch
offenbar der Begriff einer praktischen (ich
sage nicht: moralischen) Möglichkeit. Diese aber
kann unmöglich durch ein blofses Nichtgehindertwerden dürfen begründet werden. Denn ein
Nichtgehindertwerden dürfen ist weiter nichts, als
dies, und das begründet nichts in dem Subjekt B,
als das Bewufstseyn, dafs es nicht gehindert werden darf, woraus zwar das Bewufstseyn einer Befugnifs, aber nicht eines Rechts und einer Berechtigung entspringen kann. Denn in dieser liegt der

K 2   Begriff

Begriff einer praktischen Möglichkeit, welche
durch diese Theorie, nach welcher gar nichts in
das Subjekt B gesetzt ist, gänzlich aufgehoben
und nur vor meiner eignen Vernunft und durch
dieselbe möglich ist. Die Vertheidiger dieser Deduktion müssen uns daher entweder zeigen, wie
die Vernunft die blofse Befugnifs zum Recht, das
leere Nichtgehindertwerden dürfen zu einer Berechtigung erhebt (dies aber können sie nur durch
das Medium der selbsteignen Vernunft und dann
hören sie auf. Vertheidiger der relativen Deduktion
zu seyn), oder sie müssen beweisen, dafs nur Befugnifs, nicht aber Recht, in dem der Begriff
einer Berechtigung und einer praktischen Möglichkeit liegt, ein realer Begriff sey, oder sie müssen darthun, wie durch die Ungerechtigkeit des
Subjekts A, etwas reales in das Subjekt B gesetzt
ein blofses Nichgehindertwerden dürfen eine Berechtigung, ein leeres Befugnifs, ein positives
Recht ist. So lange uns dies noch nicht dargethan ist, wie aus dem Nicht-Recht auf der einen
Seite, ein Recht auf der andern entspringt, wie
dadurch, dafs ich nicht gehindert werden darf,
meine Handlung rechtmäfsig wird, so lange sind
die Ausdrücke Recht, Erlaubtseyn, dürfen

fen u. s. w. in diesem System ohne Sinn und Bedeutung Denn dadurch, dafs ich weifs, dafs der
andere nicht darf, weifs ich noch gar nicht, dafs
ich darf, dadurch, dafs ich weifs, dafs er andern
Unrecht thut, weifs ich noch gar nicht, dafs ich
ein Recht habe. Durch die Verbindlichkeit des
andern wird nur sein rechtliches Verhältnifs zu
mir, aber nicht das rechtliche Verhältnifs meiner
Handlung zu ihm bestimmt.

Wir wollen aber noch aufserdem einen Blick
auf die Voraussetzung werfen, dafs allem Recht
eine Pflicht des andern entspreche, und deswegen
von jenem diese der Grund des Daseyns, das principium essendi sey. Es mag wahr seyn, dafs sich
in abstracto Recht und Pflicht einander correspondiren, dafs das Recht in dem Naturrecht, und die
Pflicht in der Moral, wechselseitig einander ent-
sprechen, und mithin in abstracto eine Pflicht
statt findet, wo sich ein Recht zeigen läfst. Aber
das ist nicht genug, um das Recht aus der Pflicht
des andern abzuleiten. Es müfste sich zeigen,
dafs auch in concreto das Recht jederzeit der
Pflicht entgegenstehe, um uns zu dem Schritt zu
berechtigen, das Recht aus der Verbindlichkeit

des

des Subjekts A abzuleiten. Denn das Recht in mir, soll ja, wie Herr Heydenreich ausdrücklich sagt, daher rühren, dafs ich weifs, der andere habe die Verbindlichkeit, mich nicht zu hindern. Ueberall, wo ich sage, ich habe ein Recht, mufs ich sagen können, der Andere oder die Andern haben eine Verbindlichkeit. —

Jeder Mensch hat vermöge seiner vernünftigen Natur Pflichten, denn in jedem wohnt das Sittengesetz, die Quelle der Pflichten. Die Anwendung des Gesetzes aber, die Erkenntnifs: dies ist in diesem Falle meine Pflicht, bleibt der Urtheilskraft überlassen, welche oft in der Subsumtion des besondern unter das allgemeine Gesetz irrt, manches unter dem Gesetz enthalten denkt, was objectiv von ihm ausgeschlossen werden mufs, manches von ihm ausschliefst, was ihm objektiv subsumirt werden mufs. Viele werden daher das für Pflicht halten, was den andern pflichtwidrig oder moralisch - gleichgültig scheint, mancher wird das für erlaubt ansehen, was dem andern pflichtwidrig ist. Nichts ist auch natürlicher. Die Erkenntnifs der Pflicht hängt von empirischen Bestimmungen der Person, von ihrer Lage, ihrer

Erzie-

Erziehung, ihren Talenten u. s. w. ab, und so
wie diese in verschiedenen Subjekten verschieden
ist, so ist es auch jene. Unter cultivirten Natio-
nen, (die Ursache liegt hievon am Tage), dürf-
ten Beispiele für die Disharmonie in der Erkenntnifs der vollkommnen Pflichten schwer aufzufinden seyn. Aber man nehme den uncultivirten
Wilden. Der Neger hält den Diebstahl, an den
Europäern verübt, für etwas ganz erlaubtes *);
und er verkauft um einige Stangen Kind und Va-
ter. Würden wir es aber wohl einem Seefahrer
für unrecht auslegen, wenn er sich denen mit Gewalt widersetzt, die ihn seines Eigenthums berau-
ben

*) Sie rechtfertigen ihren Diebstahl gewöhnlich
   durch folgendes Mährchen. Unser Stammva-
   ter, sagen sie, hatte 3 Söhne, einen Weifsen,
   einen Braunen und einen Schwarzen, und
   diese sollten sich, da er gestorben war, in
   die Erbschaft theilen. Der Weifse und der
   Braune aber schlichen sich, da noch der
   Schwarze schlief, mit allen Kostbarkeiten hin-
   weg, und liefsen diesem nichts als Pfeife und
   Tabak übrig. Wir thun daher vollkommen
   recht, wenn wir die, welche nicht Schwarze
   sind, bestehlen, denn alles was sie haben, ist
   unser Eigenthum.

ben wollen? und hat der Fremdling kein Recht, die Rechte der unglücklichen Neger gegen ihre Verkäufer in Schutz zu nehmen? Gewifs nicht! und doch soll das Recht aus der Verbindlichkeit des andern entspringen, soll ich nur dann ein Recht haben, wenn ich weifs, dafs dem andern eine vollkommne Verbindlichkeit obliegt. Der Neger kennt nicht die Verbindlichkeit, jeden in seinem Eigenthume nicht zu kränken; er kennt nicht die Verbindlichkeit, ein vernünftiges Wesen nicht als Sache zu behandeln. Wir haben freilich diese Verbindlichkeit; denn wir sind zur Erkenntnifs derselben gekommen; wir wissen auch, dafs sie jeder andre haben sollte; aber jene Unglücklichen sind noch nicht zu dieser Erkenntnifs gekommen, für sie ist also diese Verbindlichkeit nicht vorhanden, ihnen sind diese Handlungen moralisch - indifferent. Niemand hatte daher nach dieser Theorie ein Recht, diese Menschen zu Erfüllung einer Verbindlichkeit zu zwingen, die sie nicht haben, und ich habe gegen alle Menschen nicht gleiche Rechte. Diese stehen oder fallen mit dem Vorhandenseyn, oder Nichtvorhandenseyn der Erkenntnifs oder Nichterkenntnifs der Pflicht des andern.

„Aber

„Aber woher wissen wir es denn, dafs der
andere keine Pflicht hat. Er kann ja wohl die
Pflicht erkennen und ihr doch zuwider handeln.„

Ich antworte auf diesen Einwurf mit weiter
nichts, als mit der Frage: woher weifs ich denn,
dafs der andre die Pflicht wirklich hat? — *)

„Allein

*) Ich kann auch den scharfsinnigen Locke
für mich sprechen lassen. Dieser bestreitet
die angebohrnen moralischen Grundsätze, aus
eben dem Punkte, aus welchem Mandevil-
le und Montagne ihren empirischen Ursprung erwiesen zu haben glauben, und sagt
darauf (Essais L. l. C III. § II.): „Man kann
mir vielleicht den Einwurf machen, dafs der
Schlufs: eine Regel wird verletzt,
darum ist sie nicht bekannt, unrichtig sey. Da freilich ist dieser Einwurf gültig,
wo die Menschen zwar ein Gesetz übertreten,
aber doch nicht ableugnen. — Allein es
läfst sich nicht denken, dafs eine ganze Nation das verwerfe und für ungültig erkläre,
was jeder Einzelne mit unwiderleglicher Gewifsheit für ein Gesetz anerkennt.„

„Allein ich weiß doch, daß dem andern, als
Menschen, jene Verbindlichkeiten obliegen. Darum bleibt auch mein Recht.„

Damit kann doch wohl nichts anders ausgedrückt werden, als das: ich weiß, daß der andere jene Verbindlichkeit haben solle, daß ihm
als Mensch (in abstracto) als vernünftiges Wesen
solche Pflichten zukommen. Daraus kann aber
doch noch kein Recht entspringen. Dies könnte
nur dann satt finden, wenn auch der Mensch in
concreto diese Verbindlichkeit hätte. Und der
Mensch in concreto hat nur die Verbindlichkeit,
die er wirklich als solche kennt *).

Die

*) Ich freue mich, hier auf einem Wege mit
dem scharfsinnigen Flatt zusammen zu treffen. „Es ist nur in einem gewissen Sinne
wahr, sagt er (in s. Ideen zur Revision
des Naturrechts. S. 50. in s. vermischten Versuchen.) daß zum rechtmäßigen Gebrauch des Zwanges gegen den andern auch
die Ueberzeugung von der Obliegenheit
desselben erfordert werde. Denn es ist entschieden falsch, daß in jedem Sinn und
unter jeden Umständen dem Recht

Die bisher angeführten Gründe wider die
Haltbarkeit dieser Deduktion sind wohl, wie ich
glaube,

auf einer Seite, P f l i c h t auf der andern entspreche — — Nur im o b j e k t i v e n Verstande sind die Begriffe von Recht und Pflicht
unzertrennlich mit einander verbunden. Betrachtet man aber die Sache s u b j e k t i -
v i s c h, — — so giebt es unsäglich viele
Fälle, wo dem Recht zu fordern, die Pflicht
zu leisten, nicht entsprcht. S u b j e k t i v e
V e r p f l i c h t u n g setzt doch wohl immer
die Möglichkeit, die Pflicht zu erkennen,
voraus; und diese hängt bei jedem Indivi-
duum von tausend Umständen ab, die ganz
aufser dem Bezirk der Willkühr liegen. S u b -
j e k t i v e V e r p f l i c h t u n g des einen Menschen kann also wirklich mit dem Recht, das
der andere auf ihn hat, in einem ganz ent-
schiedenem Widerspruche stehen. Der Letztere kann wirklich die ganz richtige Ueberzeugung haben, dafs die Gesetze der Weisheit
und Güte eine gewisse Handlung oder Unterlassung des andern erfordern, die auf ihn
eine unmittelbare Beziehung hat. — —
Aber der, der die Handlung begehen oder
unterlassen sollte, ist vielleicht ohne seine
Schuld, in Absicht auf moralische Aufklä-
rung, so weit zurück, dafs er das richtige

glaube, schon an und für sich wichtig genug, um uns über den Werth derselben nicht in Zweifel zu lassen. Aber es lassen sich noch andere und wichtigere Argumente gegen dieselbe auffinden, welche ihre Brauchbarkeit zu einer festen Begründung des Naturrechts mit einem nicht geringen Grad der Gewißheit vor Augen legen.

Wie? Sollte es denn mit dem Erweis eines Zwangsrechts bei dieser Theorie so sehr seine Richtigkeit haben, als es sie beim ersten Anblick zu haben scheint? Eine nahere Betrachtung wird uns, wie mich dünkt, von dem Gegentheile überzeugen.

Nur

Verhältniß der Gesetze der Gerechtigkeit zu seiner Handlung einzusehen, nicht im Stande ist u. s. w.,, — — Wenn aber Herr F l a t t behauptet, daß wir doch auch Rechte gegen Thiere, als nicht bepflichtete Subjekte haben, und wenn er dies als ein Argument gegen die Ableitung des Rechts aus der Pflicht anführt, so wird ihm wohl niemand beistimmen Denn Rechte kommen uns nur gegen vernünftige Wesen zu. Wir haben nur Rechte a u f Thiere, g e g e n Menschen, (in Beziehung auf Menschen).

Nur mit den Pflichten der Gerechtigkeit gegen
andere soll das Recht zum Zwang verbunden
seyn, nicht mit den Pflichten der Gerechtigkeit
gegen mich selbst, auch nicht mit den Pflichten
der Güte. Ich habe kein Recht, den andern zur
Tugend zu zwingen: nicht, dafs er sich selbst
vervollkommne, ausbilde, veredle; nicht, dafs er
die Menschheit in sich nicht verletze und mit
Füfsen trete; nicht, dafs er gütig sey und mildes
Wohlwollen um sich her verbreite; — Ich habe
nur denn ein Recht zum Gebrauch der physischen
Gewalt gegen einen Menschen, wenn er andere
als Mittel, als Sache behandelt und die wechselseitigen Schranken der Freiheit überschreitet Was
ist nun, fragt sich, der Grund, warum nur die
Pflichten der Gerechtigkeit gegen andere, nicht
auch die übrigen Arten von Pflichten (der Güte,
der Gerechtigkeit gegen mich) erzwungen werden
dürfen? — Weil, antworten die Vertheidiger
dieser Deduktion, mit den Pflichten der Gerechtigkeit gegen andere die Pflicht verbunden ist, dem
Zwange des andern nicht zu widerstehen. Denn,
ich habe zu allem ein Recht, woran ich nicht gehindert werden darf. Folglich habe ich ein Recht,
den andern zu Erfüllung der Pflichten der Gerechtigkeit

tigkeit zu zwingen, da er die Pflicht hat, meinem
Zwange keinen Zwang entgegenzusetzen. —
Kann denn aber ein blofses Nichtgehindertwerden
dürfen, ein Recht seyn? treten hier nicht alle die
Argumente wieder ein, die wider eine solche
Rechtsdeduktion überhaupt eben vorgebracht wor-
den sind? — Allein ich will mich hier der alten
Waffen nicht bedienen Es stehen mir neue zu
Gebot.

Soll die Pflicht, dem Zwange nicht zu widerstehen, ein Grund seyn, warum ich das
Recht habe, den andern zu Erfüllung der Pflichten der Gerechtigkeit zu zwingen, so mufs nicht
nur 1) die Pflicht, dem Zwange des andern nicht
zu widerstehen, als verbunden mit den Pflichten
der Gerechtigkeit gegen andere erwiesen werden,
sondern 2) es mufs auch bewiesen werden, dafs
weder bei den Pflichten der Güte, noch auch bei
den Pflichten der Gerechtigkeit gegen mich selbst
jene Pflicht statt finden könne: Wir müssen also
einen Charakter der Pflicht der Gerechtigkeit gegen andere anführen können, der diese Pflichten
von andern unterscheidet, und nur bei diesen die
Pflicht bestimmt, dem Zwang des andern im Fall

einer

einer Uebertretung derselben nicht zu widerstehen. — Mit dem ersten Beweise mag es wohl vielleicht keine so grofsen Schwierigkeiten haben. Aber mit dem zweiten scheinen mir grofse, ja unüberwindliche Schwierigkeiten verbunden zu seyn.

Wenn man fragt, warum nur mit den Pflichden der Gerechtigkeit die Pflicht, dem Zwange des andern nicht zu widerstehen, verbunden sey? so ist die nächste Antwort die: weil diese Pflichten vollkommne Pflichten seyen. Aber da sind wir eben um keinen Schritt weiter gekommen. Denn nun müssen wir doch wieder fragen: warum denn mit den vollkommnen und nicht mit den unvollkommnen diese Pflicht verknüpft sey? warum denn der Charakter der Pflicht, dafs sie vollkommen ist, das Daseyn jener Pflicht bestimme? — Sagen wir, die Pflicht dem Zwange des andern nicht zu widerstehen, ist darum mit den Pflichten der Gerechtigkeit verbunden, weil es verboten ist, den andern als willkührliches Mittel zu beliebigen Zwecken zu behandeln, so ist unsre Frage eben so wenig beantwortet. Denn nun müssen wir wieder fragen: warum findet denn diese

Zwangs-

Zwangspflicht *) nur bei solchen Pflichten statt?
— Weil die Vernunft sich selbst widersprechen
würde, wenn sie mit diesen nicht eine Zwangspflicht verknüpfte. In wie ferne würde sich denn
aber die Vernunft widersprechen? und warum
kann sie denn bei den Pflichten der Gerechtigkeit
gegen mich selbst diese Pflicht nicht hinzufügen?
Diese Fragen können, wie ich gleich zeigen werde, abgesehen von einem in dem berechtigten, an
sich gegründeten Zwangsrecht schlechterdings
nicht befriedigend beantwortet werden.

Sagen wir: darum ist nur mit den vollkommnen Verbindlichkeiten, nicht aber mit den Pflichten der Güte eine Zwangspflicht verknüpft, weil
die vollkommnen Verbindlichkeiten, negative Verbindlichkeiten, unvollkommne aber positive sind,
so stehen wir immer auf demselben Punkte, ohne
auch

---

*) Zwangspflicht nenne ich hier die
Pflicht, dem Zwange des andern nicht zu widerstehen. Ich merke dies an, um einem
Mifsverständnisse vorzubeugen, indem sonst,
nach der Sprache der Schule, alle Pflichten
der Gerechtigkeit gegen andere Zwangspflichten genennt werden.

auch nnr um einen Schritt fortgerückt zu seyn.
Denn 1) nun fragt sich wieder: warum die negativen, nicht auch die positiven Pflichten mit der
Pflicht, dem Zwange des Andern nicht zu widerstehen verbunden sind? 2) sind ja nicht alle vollkommne Pflichten negativ. Die Pflicht, meine
Schulden zu bezahlen, ist gewiß positiv, und
doch ist sie eine vollkommne Verbindlichkeit.
Herr Zöllner *) weiß zwar auch das Kunst-
stück, diese Pflichten anf negative zu reduciren, und zwar aus dem Grunde, weil dadurch
das Recht des Andern nicht gekränkt
werde. Ob er es aber ernstlich damit gemeint
haben könne, will ich nicht entscheiden. 3)
Giebt es ja auch negative Pflichten, die demunge-
achtet nicht erzwungen werden dürfen. Habe ich
nicht die Pflicht, mir nicht zu schaden, mich an
meinem Körper nicht zu verstümmeln, meine Seele nicht zu verkrüppeln u. s. w.? Warum ist denn
mit diesen negativen Pflichten die Verbindlichkeit, dem Zwange des Andern mich nicht zu wi-
dersetzen, verknüpft? —

Es

*) Ueber Mendelsohns Jerusalem. S. 33.

L

Es ist aber auch schlechterdings unmöglich zu beweisen, da fs und warum nur mit den Pflichten der Gerechtigkeit gegen andere die Zwangspflicht verbunden sey, und nur daraus, dafs die Rechtslehrer die Pflichten der Gerechtigkeit gegen mich selbst durchgängig aus den Augen gelassen haben, läfst es sich erklären, warum sie auf diese Basis ein Zwangsrecht gründen zu können glauben. — Soll das Zwangsrecht auf diesem Grund, nämlich auf die Pflicht, den Zwang nicht zu hindern, erbaut werden, so mufs, wie schon oben gesagt worden, bewiesen werden, dafs nur bei den Pflichten der Gerechtigkeit eine Zwangspflicht statt finden könne. Ein solcher Beweis aber kann aus nichts anders, als aus dem specifisch verschiedenen Charakter der Pflichten der Gerechtigkeit gegen andere geführt werden, und da wäre es wohl vielleicht möglich anzugeben, warum nicht mit den Pflichten der Güte diese Zwangspflicht verknüpft sey, aber nicht, warum nicht auch mit den Pflichten der Gerechtigkeit gegen mich selbst. Denn diese Pflichten sind von jenen nur durch ihren Gegenstand, in wie ferne hier ich selbst, dort aber ein anderes vernünftiges Wesen aufser mir Gegenstand der

Pflicht

Pflicht ist, im übrigen aber durch gar nichts von
einander unterschieden. Beide sind sich ihrer
Form nach durchgehends gleich. Beide entspringen aus der Funktion der moralischen Vernunft,
durch welche sie negative Einstimmung der Zwecke setzt. Beide haben den Schutz der Persönlichkeit zum Ziel. Beide beruhen auf einem und
demselben Princip: Du sollst nicht die vernünftige Natur als Mittel behandeln.
Die Beschaffenheit der Pflicht der Gerechtigkeit
als Pflicht, ihr formeller Charakter kann daher
nicht das Daseyn der Zwangspflicht bestimmen,
den dieses Bestimmen müste in dem specifisch-
verschiedenen Charakter beider Arten der Pflichten gegründet seyn, in welchem sich aber durchaus kein Unterschied auffinden läfst. Also mufs
der materielle Charakter, das heifst, die besondere Beziehung auf den Gegenstand der Pflicht
ein Grund seyn, warum die Pflicht, dem Zwange
nicht zu widerstehen, nicht mit den Pflichten der
Gerechtigkeit gegen mich selbst, aber mit den
Pflichten der Gerechtigkeit gegen andere verknüpft
ist. — Da fragt sich nun aber: warum bestimmt
denn das bei den Pflichten der Gerechtigkeit gegen andere und den Pflichten der Gerechtigkeit ge-

gen

gen mich selbst verschiedene Objekt eine Zwangspflicht? — Um diese Frage zu beantworten,
müssen wir zeigen, daſs sich die Vernunft selbst
widersprechen würde, wenn sie mit den Pflichten
der Gerechtigkeit, in wie ferne sie dieses Objekt
haben, eine Zwangspflicht verbände, oder, welches dasselbe ist, daſs sie einem durch sie selbst
gesetzten Etwas widersprechen würde, und daſs sie
sich nicht widerspreche, wenn sie mit den Pflichten der Gerechtigkeit gegen mich selbst keine
Zwangspflicht verknüpfe. Kann es nur, wie gezeigt, worden, die materielle Beschaffenheit der
Pflicht, ihr Gegenstand seyn, welcher das Daseyn
oder Nicht - Daseyn der Zwangspflicht bestimmt
so muſs in den Gegenstand der Pflicht der Gerechtigkeit gegen andere etwas durch Vernunft gesetzt
seyn, um welches willen die Vernunft eine Pflicht,
dem Zwang des andern nicht zu widerstehen, verbindet. Dieses ist nun entweder eine Pflicht zu
der Handlung und eine daraus entspringende
Pflicht zum Zwange, oder eine bloſse Erlaubniſs
zur Handlung, und ein daraus entspringendes bloſses Erlaubtseyn des Zwangs, oder ein Recht zur
Handlung, und ein daraus entspringendes Recht
zum Zwange. Eine Pflicht kann es nicht seyn;
denn

denn nicht überall correspondirt eine Pflicht zu
der Handlung der Pflicht der Gerechtigkeit des
andern, diese Handlung nicht zu hindern. Auch
nicht ein Erlaubtseyn, denn dies ist 1) etwas nur
negativ von der Vernunft gesetztes, die Vernunft
würde sich also auch nicht widersprechen können,
und 2) correspondirt nicht immer ein Erlaubtseyn der Handlung der Pflicht des andern, die
Handlung nicht zu hindern und dem Zwange des
andern, im Fall ich ihn an der Handlung hindere,
nicht zu widerstehen. Also muſs es ein R e c h t
zur Handlung, und ein daraus entspringendes
Recht zum Zwange seyn.

Weit entfernt also, daſs das Recht zum Zwange aus der mit der Pflicht der Gerechtigkeit ver-
bundenen Zwangspflicht abgeleitet werden könnte,
muſs vielmehr diese aus jenem abgeleitet werden.
Nicht die formelle Beschaffenheit der Pflicht der
Gerechtigkeit gegen andere, nicht der formelle
Unterschied dieser Pflicht von den Pflichten der
Gerechtigkeit gegen mich selbst, kann das Daseyn
der Zwangspflicht bei jenen, und das Nichtdaseyn
bei diesen · bestimmen. Der Grund des Daseyns
der Zwangspflicht bei jenen, und das Nichtdaseyn

der-

deselben bei diesen wird nur durch ihre materiel-
le Beschaffenheit, durch ihre Beziehung auf das
Objekt der Pflicht bestimmt, und dies ist nur
durch ein in dem berechtigten Subjekt an sich ge-
gründetes Recht möglich. Es ist also mit der
Pflicht der Gerechtigkeit darum eine Zwangspflicht
verknüpft, weil sie sich auf ein Recht des andern
zu der Handlung, welche nicht zu hindern,
Pflicht der Gerechtigkeit ist, und ein aus diesem
Rechte entspringendes Zwangsrecht bezieht. Die
Vernunft giebt mir darum bei Verletzung der
Pflichten der Gerechtigkeit des andern eine
Zwangspflicht, weil der andere ein Recht zu der
Handlung und ein Recht hat sein Recht mit Gewalt durchzusetzen. — Mit den Pflichten der
Gerechtigkeit gegen mich selbst, ist keine Zwangspflicht verbunden, weil sie keinem Recht und kei-
nem Zwangsrechte correspondirt. Der Andere hat
kein Recht mich zu zwingen. Mithin habe ich
auch keine Pflicht, mich zwingen zu lassen.

Dies ist! der einzig mögliche Weg, auf dem
sich ein Zwangsrecht und eine Zwangspflicht deduciren läfst, und es ist vergebliche Mühe, aus
der blofsen formellen Beschaffenheit, abgesehen
von

von einem dem berechtigten an sich gegründeten
Zwangsrechte, eine Zwangspflicht, als blos und
allein verbunden mit den Pflichten der Gerechtigkeit gegen andere erweisen zu wollen. Es wird
nun erlaubt seyn, von einer Kritik in eine Cen-
sur abzuschweifen, und das, was im allgemeinen
erwiesen ist, in concreto an einem Beispiele zu bestätigen, nämlich; dafs es unmöglich ist, ohne
Voraussetzung eines in dem berechtigten an sich
gegründeten Rechts, eine Zwangspflicht zu erweisen. Ich glaube dies auf keine Art besser, als dadurch thun zu können, dafs ich die Gründe, aus
welchen einer unserer gründlichsten Denker, der
Herr Prof. Maas *) das Daseyn der Zwangspflicht
zu erweisen sucht, dem Publikum vorlege und einer Prüfung unterwerfe.

„Nur die vollkommenen Verbindlichkeiten,
heifst es, sind Zwangsverbindlichkeiten, alle un-
vollkommenen aber sind Gewissensverbindlichkei-
ten. Denn eine vollkommne Verbindlichkeit, die
jemand gegen mich hat, ist jederzeit eine Verbindlichkeit, mich nicht als ein willkührliches Mittel

*) Ueber Recht und Verbindlichkeit. S. 26 ff.

tel zu behandeln. Will er also eine solche Verbindlichkeit nicht erfüllen; so kann ich ihn zwingen, ohne daß er dem Zwang widerstehen dürfte. Denn dürfte er dies, so dürfte ich ihn nicht zwingen; dürfte ich ihn nicht zwingen, so dürfte er mich auch als ein willkührliches Mittel zu Beförderung seiner Absichten behandeln. Das aber widerstreitet dem Sittengesetze in allen möglichen Fällen.

Dieses Raisonnement aufgelöst, giebt folgenden Schluß:

1) Es widerstreitet dem Sittengesetze in allen Fällen, daß ich den andern als willkührliches Mittel zu einer beliebigen Absicht gebrauchen darf.

2) Nun würde ich den andern als willkührliches Mittel behandeln dürfen, wenn ich im Fall, daß ich eine Pflicht der Gerechtigkeit gegen ihn verletze, seinem Zwange widerstehen, und er mich mithin nicht zwingen dürfte.

3) Also

3) Also ist das Nichtvorhandenseyn der Zwangspflicht bei vollkommenen Pflichten, dem Sittengesetz zuwider.

Den Obersatz gebe ich gerne zu; aber ich behaupte die Unrichtigkeit des Mittelsatzes; und
läugne die Nothwendigkeit der Folge. Wahr ist
es: ich darf Niemanden als willkührliches Mittel
behandeln. Folgt aber daraus, dafs es dem Sittengesetze zuwider ist, seinem Zwange widerstehen
zu dürfen? dafs ich den andern als willkührliches
Mittel behandeln würde, wenn ich seinem Zwange
widerstehen dürfte? das Sittengesetz kann die
Handlung verbieten, und den Zwang nicht verbieten, ohne dafs es sich selbst widerspricht, d. h.
durch dieses Schweigen seine Verbindlichkeit aufhebt und die auf der einen Seite für unrechtmäfsig erklärte Handlung für rechtmäfsig erklärte.
Die Behandlung des andern, als blofses Mittel,
bliebe immer ungerecht, wenn es auch nicht ausdrücklich sagte: Du sollst, wenn du diese Ungerechtigkeit begangen hast, dem Zwange des andern nicht widerstehen. Im Falle, dafs das Sittengesetz die Unterlassung des Widerstandes nicht
zur Pflicht machte, würde freilich das Berechtigte
öfter

öfter als Mittel behandelt werden k ö n n e n , aber
er würde nichts desto weniger nicht als Mittel behandelt werden d ü r f e n. Denn das Nichtgebot
hebt das Gebot nicht auf.

Ist aber dieser Schlufs richtig, so kann ich
durch ihn beweisen, dafs auch bei andern Pflichten, nicht blos bei den Pflichten der Gerechtigkeit Zwang statt finde. Es ist mir ja auch verboten, mich nicht selbst als Mittel zu beliebigen
Zwecken zu gebrauchen, die Persönlichkeit in mir
selbst nicht herabzuwürdigen, und nun könnte ich
so schliefsen:

1) Es ist dem Sittengesetz in allen Fällen zuwider, dafs ich mich selbst als willkührliches
Mittel zu beliebigen Zwecken gebrauche.

2) Nun aber würde ich mich selbst als willkührliches Mittel gebrauchen dürfen, wenn es mir
erlaubt wäre, dem Zwang des Andern, im
Fall der Uebertretung dieser Pflicht, zu widerstehen.

3) Folg-

3) Folglich ist es mir verboten, dem Zwange des Andern zu widerstehen, und der Andere hat darum ein Recht, mich zu Erfüllung dieser Verbindlichkeit zu zwingen.

Jener Schluſs ist daher ungültig; er mag falsch oder wahr seyn.

„Wenn jemand, heiſst es ferner, eine vollkommene Verbindlichkeit nicht erfüllen will; so hört er in so ferne auf, ein vernünftiges Wesen zu seyn, indem die Nichterfüllung einer solchen Verbindlichkeit dem Sittengesetz in allen Fällen zuwider und schlechterdings unvernünftig ist. Folglich verliert er auch in so ferne alle Vorrechte eines vernünftigen Wesens, und man kann ihn also auch mit physischer Gewalt zwingen, obgleich gegen ein vernünftiges Wesen als solches, kein Zwang gebraucht werden darf.,

Von der Bündigkeit dieses Beweisgrundes kann ich mich eben so wenig, als von der des vorhergehenden überzeugen. Was heiſst das: ein vernünftiges Wesen hört durch Uebertretung einer Pflicht der Gerechtigkeit auf ein vernünftiges Wesen

sen zu seyn? — heifst es: es verliert dadurch
das Recht eines vernünftigen Wesens, nicht gezwungen werden zu dürfen, so ist damit nichts
gesagt, denn davon wollen wir eben einen Grund
haben. Heifst es aber, wie es der Sprachgebrauch
mit sich bringt: durch Uebertretung einer vollkommenen Pflicht, verliert es seine vernünftige
Natur, so sehe ich gar nicht den Zusammenhang
zwischen dem Grund und der Folge ein. Wie?
ein vernünftiges Wesen soll nicht mehr vernünftiges Wesen seyn, sobald und in wie ferne es eine
Pflicht der Gerechtigkeit verletzt? Die Uebertretung des Gesetzes sollte Zernichtung der vernünftigen Natur zur Folge haben? Er handelt freilich
unvernünftig, aber er hört doch nicht auf vernünftiges Wesen und Person zu seyn. Ich kann
das Sittengesetz noch so gröblich übertreten, und
ich bleibe doch — was ich vorher war — Person, vernünftiger Geist.

Will ich aber auch diesen Schlufs gelten lassen, so beweist er doch nicht, was er beweisen
soll, nämlich, dafs der Zwang nur bei Verletzung
der Pflichten der Gerechtigkeit statt habe. Wenn
ich die Pflichten gegen mich selbst verletze, wenn
ich

ich die unnachläfslichen Pflichten, deren Gegenstand ich selbst bin, und deren Uebertretung eben so sehr in allen Fällen der Vernunft zuwider ist, verletze, wenn ich mich selbst als Mittel behandle, und die Persönlichkeit herabwürdige, soll ich denn nicht aufhören, vernünftiges Wesen zu seyn? — Wenn daher jener Schlufs richtig ist, wenn ich bei Uebertretung der Pflichten, die in allen Fällen dem Sittengesetze zuwider sind, aufhöre ein vernünftiges Wesen zu seyn, so höre ich auch denn auf, ein vernünftiges Wesen zu seyn, wenn ich die Pflicht der Gerechtigkeit gegen mich selbst übertrete, und jeder hat also auch ein Recht, mich zu zwingen und von ihrer Uebertretung abzuhalten,

Ich kann also dem Herrn Maas folgendes Dilemma entgegensetzen, entweder dieser Schlufs ist unrichtig, oder er ist richtig. Ist er unrichtig, nun so ist die Unrichtigkeit der Folge von selbst klar. Ist er aber richtig, so beweist er mehr als er beweisen soll, so beweist er, dafs nicht blos bei Pflichten der Gerechtigkeit gegen andere, sondern auch gegen mich selbst Zwang statt finde.

Ich

Ich glaube hiedurch meine Behauptung auch
in concreto gerechtfertiget und dies Resukat streng
erwiesen zu haben; dafs von dieser Seite keine
Rechtmäfsigkeit des Zwangs begründet werden
könne. Wir müssen auf einen in dem berechtigten Subjekt an sich gelegenen Grund des Rechts
überhaupt und ins besondere das Zwangsrecht zu-
rückkommen. ——

Diese Behauptung wird sich noch durch folgendes bestätigen, dadurch nämlich, dafs wir zeigen, dafs die Rechte nicht vollkommne Pflichten,
sondern die vollkommnen Pflichten, in wie ferne
sie vollkommen sind, die Rechte voraussetzen.

Sollen die Rechte auf die vollkommnen Pflichten gegründet werden, so müssen diese ohne Beziehung auf Rechte, (denn diese sollen erst durch
jene möglich werden) an sich vollständig bestimmt seyn, so mufs ihre Natur und Beschaffenheit, und ihr Unterschied von den unvollkommnen Pflichten aus ihrem Verhältnifs zum Sittengesetz des bepflichteten Subjekts an sich bestimmt
werden können. Ist aber dies möglich? ——

Zum

Zum Beschluſs dieser Untersuchung will ich
die Prädikate der vollkommenen und unvollkom-
menen Pflichten nach den vier Momenten der Kategorien aufzählen und sehen, ob die Vollkommenheit [und Unvollkommenheit der Pflichten das
Recht, oder dieses jene voraussetze.

I. Der Quantität nach wird der Unterschied der vollkommnen und unvollkommnen
Pflicht durch die Allgemeinheit oder Nicht-Allge-
meinheit ihrer Befolgung bestimmt. Vollkommne Pflichten wären alsden solche, derer Befolgung schlechterdings in allen Fällen nothwendig; unvollkommne Pflichten aber,
deren Befolgung nicht in allen Fällen nothwendig
ist *).

Soll

*) Hufeland sagt: „Pflichten und Verbind-
lichkeiten, deren Gegentheil sich als erlaubt
gar nicht denken läſst, wobei gar keine Ausnahme zu Gunsten der Neigung verstattet ist,
sind unerläfslich (vollkommen), die
übrigen erläfslich (unvollkommen) „ —
Eben so bestimmt auch Kant die vollkommnen Pflichten. Metaphysik der Sitten. S. 33.
— Wenn ich etwa in meiner Untersuchung

Soll nun dieser Unterschied der vollkommnen
und der unvollkommnen Pflichten durch das Moralgesetz selbst bestimmt seyn? soll das Sittengesetz selbst der Grund seyn, der mich von einigen
Pflichten dispensirt und mir die Uebertretung möglich macht? Soll aus dem Verhälmifs der Pflicht
zum Sittengesetz in mir dieses Moment der Vollkommenheit und Unvollkommenheit der Pflichten
entspringen? — Aber das heifst doch wohl,
das Sittengesetz in einen Widerstreit mit sich selbst
verwickeln, wenn man sagt: es giebt Pflichten,
die es erläfst, und Pflichten, die es nicht erläfst,
deren Uebertretung es zuweilen erlaubt, und
Pflichten, deren Uebertretung es nicht erlaubt?
— Wenn das Sittengesetz Pflichten gäbe, bei denen es Ausnahmen zu Gunsten der Neigung ver-
stattete, so würde es auf der einen Seite, (dadurch, dafs es die Pflicht giebt) die vollständige

Befol-

über diesen Gegenstand seiner Ueberzeugung
entgegen seyn sollte, (welches, wenn ich anders richtig sehe, wohl nicht der Fall seyn
dürfte) so bitte ich den grofsen Mann um gü-
tige Belehrung und Zurechtweisung, woferne
er meinen Versuch eines Blickes würdigen
sollte.

Befolgung gebieten und auf der andern Seite die
nicht vollständige Befolgung erlauben, mithin sich
selbst widersprechen; es würde sagen: du sollst
schlechterdings so handeln (denn dies liegt in
dem Begriff der Pflicht), und doch auch sagen: du
darfst anders handeln. Pflichten, die eine Ausnahme in sich enthalten, widersprechen sich selbst.
Denn in dem Begriff der Pflicht, liegt der Begriff
einer Nöthigung, ohne alle Ausnahme.
Eine Pflicht, die mir das Sittengesetz auflegt, die
soll ich erfüllen; die Nothwendigkeit der Erfüllung liegt in dem Begriff der Pflicht selbst; und
ich kann mir die durch das Sittengesetz selbst bestimmte Zulassung der Nichterfüllung nicht denken, ohne die Pflicht selbst aufzuheben. Pflichten der Wohlthätigkeit sind daher entweder keine
Pflichten, oder es findet, in Beziehung auf das
Sittengesetz, keine Ausnahme von ihnen statt.

„Aber gesetzt, es kommt ein Armer zu mir,
ich habe gerade nichts bei mir, was ich ihm geben könnte, findet hier nicht eine Ausnahme von
der Pflicht der Wohlthätigkeit statt? Oder es kommen zwei Arme zu mir, der eine ist ein alter
Wohlthäter, der andere ein Fremder, oder der

M   eine

eine ist in der äufsersten Noth, der andere nicht, findet denn bei dem Fremden und dem minder Armen nicht eine Ausnahme von der Pflicht der Wohlthätigkeit statt.

In keinem dieser Fälle findet eine Ausnahme statt. Es ist gar keine Pflicht vorhanden, — das Gesetz kann nichts unmögliches wollen. Wo es mir daher physisch-unmöglich ist, wohlthätig zu seyn, da kann ich auch nicht die Pflicht haben, es zu seyn. Einem Wohlthäter zu helfen und dem Dürftigen beizustehen, ist eine höhere Pflicht, als die einem Fremden oder einem Minderdürftigen beizustehen. Kann ich daher nur e i n e m helfen, so habe ich die Pflicht gegen den wohlthätig zu seyn, gegen welchen mich die höhere Pflicht verbindet. Gegen die Andern findet in diesem Falle gar keine Verbindlichkeit statt.

Allein wir brauchen uns auf gar keine Beispiele einzulassen, denn unser Satz: dafs es in diesem Sinne keine unvollkommne Verbindlichkeiten geben könne, steht a priori fest und bedarf keiner weitern Bestätigung. Zeigte man uns auch noch so viele Beispiele, die sich damit nicht vereinigen

einigen liefsen, (wie dies doch wohl nirgends statt finden dürfte) so könnten wir doch weiter nichts schliefsen, als dafs es u n s r e r Beschränktheit unmöglich sey, den Knoten aufzulösen.

„Aber so braucht man auch nicht diese Bestimmung zu verstehen. Diese Bestimmung heifst mit andern Worten so: Vollkommne Verbindlichkeiten sind solche, die durch ein Gesetz vollkommen (durchgängig) bestimmt sind, d. h. wo die Nichterfüllung derselben diesem Gesetz schlechterdings (in allen möglichen Fällen) widerspricht. Unvollkommne Pflichten, das Gegentheil ⁕).„

So wie der Begriff hier gestellt ist, ist er den Worten nach völlig eins mit dem vorigen. Denn eine Verbindlichkeit, deren Nichterfüllung dem Gesetz nicht in allen Fällen widerspricht, heifst doch wohl, wenn wir den Sinn nach den Worten nehmen, nichts anders, als eine Verbindlichkeit, deren Nichterfüllung zuweilen erlaubt ist, und in diesem Sinne wäre diese Bestimmung den nämlichen

M 2

*) S. M a a s über Recht und Verbindlichkeit; u. S c h m i d t s Moral, 3te Aufl.

chen Vorwürfen ausgesetzt, die wir an der vorhin
aufgestellten gerügt haben. Aber sie soll wohl
so viel heifsen: Pflichten, die unter einem Gesetz
stehen, welches nicht in allen Fällen seine Anwendung findet, wo der Gegenstand der Anwendung
des Gesetzes vorhanden ist, sind unvollkommne
Pflichten. So z. B. die Pflicht dem Armen zu geben. Diese ist eine unvollkommne Pflicht. Denn
sie steht unter dem Gesetz: sey wohlthätig
welches aber nicht überall seine Anwendung findet,
wenn auch gleich der Gegenstand seinee Anwendung (ein Armer) vorhanden ist. Denn es kann
ja möglich seyn, dafs ich mich nicht in dem Stande befinde, ihm etwas geben zu können. Nun
kann mir aber doch das Sittengesetz nichts unmögliches gebieten. Folglich kann es mir das
Moralgesetz nicht gebieten zu geben, wo ich
nichts geben kann, und es wäre ungereimt zu sagen, dafs es überall Pflicht für mich sey, dem
Armen wohlzuthun. Diese Pflicht also ist eine
unvollkommne Pflicht. Hiedurch wird aber eigentlich aller Unterschied zwischen vollkommnen und
unvollkommnen Pflichten aufgehoben. Wenn wir
von unvollkommnen Pflichten reden, so sagen
wir doch hiemit aus, dafs an den Pflichten
selbst

selbst etwas unvollständiges, etwas nicht durchgängig bestimmtes sey. Pflicht ist die moralische
Nothwendigkeit zu einer bestimmten Handlung.
Die moralische Nothwendigkeit zu einer bestimmten Handlung also muſs in irgend etwas unvoll-
ständig oder unbestimmt seyn, wenn es unvollkommne Pflichten geben soll. Nun aber wird
nach dieser Bestimmung behauptet, daſs nur das
Gesetz, die allgemeine Regel der Nothwendigkeit
für unbestimmte Handlungen, unbestimmt, oder
besser, in seiner Anwendung unbestimmt sey.
Folglich können wir nicht von unvollkommnen
Pflichten, sondern nur von unvollkommnen
Gesetzen reden,

Die Unvollkommenheit oder Vollkommenheit
der Pflichten der Quantität nach, kann also
nicht durch das Sittengesetz in mir bestimmt
seyn. Der Grund der unvollkommnen und vollkommnen Pflichten muſs daher durch etwas auſser dem Sittengesetze in mir bestimmt seyn. Dieses kann nun nichts anders seyn, als eine Bestimmung des Andern, gegen den ich die Verbindlichkeit habe. Unter allen Bestimmungen der Person B finden wir aber keine, die die Vollkom-
men-

menheit oder Unvollkommenheit der Pflichten in
dieser Rücksicht bestimmen könnte, als die, dafs
es ihm unmöglich ist, uns zu Erfüllung der einen,
aber zu Erfüllung der andern durch physische
Macht zu zwingen. Diese Bestimmung der Person
kann aber nicht meine Pflicht als Pflicht bestimmen,
denn diese kann nur durch das Sittengesetz bestimmt seyn; auch nicht das obere Begehrungsvermögen, denn dieses wird nur durch die Pflicht
als Pflicht bestimmt. — Jene Bestimmung der
Person mufs daher die Unvollkommenheit oder
Vollkommenheit durch das untere Begehrungsvermögen, und die Pflicht nicht als Pflicht, sondern
als zu erfüllende Pflicht, in Beziehung auf das
untere Begehrungsvermögen bestimmen. Die
Pflicht ist daher darum vollkommen oder unvollkommen, weil ich dazu entweder gezwungen
oder nicht gezwungen werden kann, weil dort ein
nothwendiger empirischer Beweggrund
zu dem reinen hinzukommt, hier nicht, weil die
eine Art der Pflichten, in wie ferne sie von
dem Andern erzwungen werden kann,
keine Ausnahme, eine andere Art der Pflichten
aber, in wie ferne sie nicht erzwungen
werden kann, Ausnahmen zu Gunsten der
Nei-

Neigung verstattet. Nun aber kann jene Möglichkeit, als Bestimmung der Person B, entweder eine physische, oder eine moralische, oder eine rechtliche Möglichkeit seyn. Physische Möglichkeit des Zwangs ist blos zufällig. Eine solche zufällige Bestimmung könnte uns aber nicht zu einer nothwendigen und allgemeinen Eintheilurg berechtigen. Folglich muſs jene Bestimmung eine nothwendige und allgemeine seyn. Sie muſs also entweder eine moralische oder rechtliche Möglichkeit seyn. Ist die Möglichkeit moralisch, so kann sie entweder eine bedingte Möglichkeit oder Unmöglichkeit, oder eine unbedingte moralische Möglichkeit oder Unmöglichkeit zum Zwange seyn. Wäre jenes, so müſste der Zwang bei vollkommnen Pflichten geboten, bei unvollkommnen Pflichten verboten seyn. Nun aber kann mir der Grund, warum ich den Andern zu Erfüllung einer Verbindlichkeit zwingen darf, nicht immer eine Pflicht seyn, denn es ist mir oft möglich, den andern zu zwingen, wo ich keine Pflicht habe, wo es mir sogar verboten ist, folglich kann bedingte moralische Möglichkeit zum Zwang, nicht eine allgemeine Bestimmung seyn, welche

welche die vollkommnen Pflichten der Quantität
nach bestimmt. Eine absolute moralische
Möglichkeit kann es eben so wenig seyn, denn,
wie oben erwiesen worden, ist der Zwang nie der
blofsen Willkühr überlassen. Jene Möglichkeit
mufs daher in einer rechtlichen Möglichkeit bestehen, d. h. ein Recht mufs diese Möglichkeit begründen. Dieses Recht und die von
demselben abhängige rechtliche Möglichkeit kann
nun aber entweder durch die vollkommne Pflicht
oder eine Bestimmung derselben, oder durch einen in dem berechtigten Subjekt an sich gelegenen
Grund begründet seyn. Nun aber kann das Recht
zum Zwange, wie gezeigt worden, nicht aus einer
Bestimmung der vollkommnen Pflicht abgeleitet
werden, folglich setzt die Vollkommenheit oder
Unvollkommenheit der Pflichten der Quantität
nach das Recht zum Zwange, als in dem berechtigten Subjekt selbst begründet, voraus.

    Die Vollkommenheit oder Unvollkommenheit
der Pflichten kann

    II. der Qualität nach bestimmt seyn,

1) durch

1) durch ihren W e r t h,

2) durch ihre D a u e r.

In der erstern Rücksicht wären vollkommne Pflichten darum vollkommen, weil sie einen gröfsern Werth hätten, die unvollkommnen, weil sie weniger Werth hätten. Die Pflichten, bezogen auf das Sittengesetz, haben aber alle gleichen Werth. Keine ist in dieser Beziehung der andern vorzuziehen. Jede ist so heilig wie die andere, und da giebt es kein mehr und weniger. Dies bedarf keines Beweises, denn es ergiebt sich unmittelbar aus dem Begriff der Pflicht und des Sittengesetzes.

Aber für das untere Begehrungsvermögen kann die Erfüllung der einen vor der andern einen gröfsern Werth haben. Dieser Werth mufs aber nothwendig bestimmt seyn, und kann nur in dem Recht des Andern, die Erfüllung der Verbindlichkeit zu erzwingen, seinen Grund haben. — Das Raisonnement bei dem vorhergehenden Moment, gilt auch in allem für dieses. Ich brauche mich daher nicht zu wiederholen.

In

In der zweiten Rücksicht könnten vollkommne Pflichten also heifsen, welche überhaupt fortdauern, unvollkommne, welche nicht fortdauern.
Aber dies kann keinen Unterschied bestimmen.
Denn auch vollkommne Pflichten hören auf. Die
Pflicht, meine Gläubiger zu bezahlen, hört auf,
sobald ich ihn bezahlt habe. Folglich mufs der
Unterschied darin bestehen, dafs jene unter einer
Bedingung fortdauern, unter welcher diese aufhören. Diese Bedingung (welche eine allgemeine und
nothwendige seyn mufs) ist aber keine andere, als
die Unmöglichkeit ihrer Erfüllung, und unvollkommne Pflichten sind in diesem Betracht solche,
die unter der Voraussetzung der Unmöglichkeit
ihrer Erfüllung aufhören, vollkommne aber die
unter Voraussetzung der Unmöglichkeit ihrer Erfüllung nicht aufhören. Mein Schuldner ist mir
1000 Thaler schuldig. Ein Unglück brachte ihn
um all sein Vermögen. Ein Bündel Stroh und eine
Hütte ist sein ganzer Reichthum. Er ist auch noch
dazu krank, und kann mir durch seine Arbeit
nichts verdienen. Jedermann sagt: dieser Arme
ist mir 1000 Thaler schuldig, und ob man
gleich sagt: er kann sie nicht bezahlen, so sagt
man doch: er hat die Verbindlichkeit, sie

zu

zu bezahlen. — Kann nun durch das Sittengesetz im Bepflichteten, dieses Moment der Vollkommenheit der Pflicht bestimmt seyn? Das Sittengesetz kann nur das Mögliche gebieten, und
es würde sich selbst widersprechen, wenn es etwas
gebieten wollte, dessen Erfüllung mir unmöglich
ist *) Es kann also auch, in diesem bestimmten
Falle die Bezahlung der Schuld nicht gebieten,
da die Bezahlung unmöglich ist. Der Grund der
Fortdauer der Verbindlichkeit unter der Bedingung der Unmöglichkeit ihrer Erfüllung kann daher nicht in dem Sittengesetze liegen. Er muſs in
etwas Anderm gegründet seyn. Es läſst sich aber
kein anderer Grund hievon auffinden, als eine Bestimmung der Person, welche der Gegenstand der
Verbindlichkeit ist. Da diese Bestimmung keine
physi-

*) Daſs die Verbindlichkeit überhaupt die Schuld
zu bezahlen nicht aufhört, wenn schon jetzt
ihre Bezahlung unmöglich ist, rührt daher,
weil die Verbindlichkeit nicht a b s o l u t unmöglich ist. — Davon ist aber hier nicht
die Rede, sondern davon, daſs dem Schuldner die Verbindlichkeit beigelegt wird, sogar
j e t z t, wo die relative Unmöglichkeit noch
nicht gehoben ist, zu bezahlen.

physische Möglichkeit seyn kann, wie einem jeden
in die Augen leuchtet, auch keine moralische, weder eine absolute, noch eine relative, so muſs es
eine rechtliche Möglichkeit, ein Recht seyn. Dieses Recht aber kann nicht aus der Verbindlichkeit
des Andern abgeleitet werden, denn es ist gezeigt,
daſs hier für das bepflichtete Subjekt vom Sittengesetz keine Pflicht bestimmt seyn könne. Mithin
muſs das Recht als in dem berechtigten an sich gegründet, der Grund der Fortdauer jener Verbindlichkeit seyn.

Auch hier setzt also die vollkommne Verbindlichkeit das Recht voraus. Die Vollkommenheit
der Pflicht, in Hinsicht auf ihre Dauer, wird
nicht durch das Sittengesetz, sondern durch das
Recht des Andern bestimmt; die Dauer der Pflicht
selbst unter der Bedingung der Unmöglichkeit,
flieſst nicht aus der fortdauernden Bestimmung des
Gesetzes, sondern aus der Dauer des Rechts;
rührt nicht daher, weil das Gesetz fortdauernd
gebietet, sondern weil der andere das Recht hat,
zu fordern. Ich als Schuldner, bezogen
auf das Sittengesetz in mir, habe im Fall
der Unmöglichkeit der Bezahlung, keine Verbind-
lich-

lichkeit; aber bezogen auf d a s R e c h t d e s A n-
d e r n, das Seine wieder zu fordern, habe ich eine
Verbindlichkeit. Die Nothwendigkeit entspringt
nicht aus der Nöthigung der Pflicht, sondern aus
der Forderung des Rechts. Nicht das Sittengesetz
legt mir die Verbindlichkeit auf, sondern d e r B e-
r e c h t i g t e l e g t m i r s i e b e i, kraft seines
Rechts, von mir etwas zu fordern *).

III. Der R e l a t i o n nach

Ist die vollkommne Pflicht höher als die unvollkommne, und in diesem Betracht ist vollkommne
Pflicht die, welche in Collision mit der unvollkommnen Pflicht diese aufhebt, unvollkommne
Pflicht aber diejenige, welche im Collisionsfall von
der vollkommnen Pflicht aufgehoben wird.

Warum

*) Diese Worte bitte ich recht ins Auge zu
fassen, indem ich sonst leicht misverstanden,
und mir der Vorwurf gemacht werden könnte, dafs ich durch das Recht in das andere
Subjekt eine Verbindlichkeit setze, welches
ich, ohne eine Ungereimtheit zu begehen,
und mir selbst zu widersprechen, nicht behaupten könnte.

Warum dies? warum sind die vollkommnen
Pflichten höher, als die unvollkommnen? warum
müssen diese jenen weichen? — In der Natur
dieser beiden Arten von Pflichten müssen wir diesen Grund suchen. Der in der Natur der Pflichten gelegene Grund aber, warum die Vernunft im
Collisionsfalle die unvollkommnen Pflichten durch
die vollkommnen aufhebt, diesen also (nicht subjektiv, in Hinsicht auf gröfsere oder geringere
Achtung, sondern objektiv in dem System der
Pflichten) einen gröfsern Werth beilegt, ist entweder ein subjektiver Grund, der sich auf
eine Beschaffenheit des bepflichteten Subjekts bezieht, oder ein objektiver Grund, der sich
auf eine Beschaffenheit des Objekts der Pflicht
(der Person, gegen die die Pflicht erfüllt werden
soll) oder auf etwas, in dem Objekt der Pflicht
durch die Erfüllung der Pflicht zu bewirkendes bezieht. Der subjektive Grund könnte entweder darin liegen, dafs die unvollkommne Pflicht als positive Pflicht schwerer, die vollkommne als negative Pflicht leichter zu erfüllen wäre, oder aber,
dafs bei Uebertretung der vollkommnen Pflicht
sich das Subjekt mehr herabwürdigte, bei der unvollkommnen weniger. Aber die Vernunft bestimmt

stimmt ihre Gesetzgebung nicht nach der Nei-
gung, nicht darnach, ob die Erfüllung der einen
Pflicht mit gröfserem Kampfe gegen die Sinnlich-
keit verbunden ist, als die Erfüllung der Andern,
Aufserdem sind nicht alle vollkommne Pflichten ne-
gativ, und der Mensch erfüllt lieber Pflichten der
Güte, als Pflichten der Gerechtigkeit. Der erstere
Fall kann also nicht statt finden. Eben so wenig
auch der zweite. Denn andere minder wichtige
Gründe abgerechnet, erniedrige ich mich eben so
sehr bei Erfüllung der unvollkommnen, wie bei
Erfüllung der vollkommnen Pflichten. Ich handle
in dem einen wie in dem andern Falle gegen das
Gesetz der Vernunft, und es giebt kein mehr oder
weniger bei Uebertretung einer Pflicht. — Der
Grund, den wir suchen, mufs also wohl ein objektiver Grund seyn. Dieser Grund bezieht
sich aber entweder auf empirische Bestimmungen des Gegenstandes der Pflicht, oder auf reine Bestimmungen dieses Gegenstandes. Jener
kann entweder darin liegen, dafs durch die vollkommne Pflicht das Daseyn anderer vernünftiger
Wesen gesichert, durch die unvollkommene aber
das Wohlseyn der Menschen befördert würde;
oder aber, dafs ohne die Beobachtung jener die
Ge-

Gesellschaft nicht bestehen, ohne die Beobachtung
dieser aber wohl bestehen könne. Aufser dem
aber, dafs weder das erste noch das andere allgemeine Merkmal der vollkommnen und der unvoll-
nen Pflichten, und in wie ferne sie auf empirische
Voraussetzungen sich beziehen, zufällig sind, widerstreiten auch diese Merkmale als Gründe der
vollkommnen und unvollkommnen Pflicht der Natur des Sittengesetzes, welches nicht als Mittel
einem andern empirischen Zwecke untergeordnet
werden kann, sondern als Selbstzweck, absoluten
Werth hat. Nun wären jene auf empirische Bestimmungen sich beziehende Merkmale Gründe
der vollkommnen und unvollkommnen Pflicht, so
müfste das Sittengesetz, als Mittel zu höhern
Zwecken gedacht werden, welches, wie die Kritik
der praktischen Vernunft erweist, der Natur des
Sittengesetzes zuwider ist. — Der objektive
Grund, den wir suchen, mufs sich daher auf eine
reine Bestimmung des Gegenstandes der
Pflicht beziehen. Da finden wir aber keine andere,
auf welche sich die vollkommne Pflicht in ihrem
ganzen Umfange, und in jeder Anwendung beziehen könnte, als die Persönlichkeit des Subjekts, gegen das die Pflicht statt findet. Auf sie
weist

weist auch das Princip der Pflichten der Gerechtigkeit: „Behandle niemand als willkührliches Mittel zu beliebigen Zwe-
cken„ hin. In diesem Merkmale der vollkommnen Pflicht nun haben wir ein Merkmal, das alle
Forderungen, die wir an dasselbe thun konnten,
erfüllt. Es ist 1) allgemein, indem es auf
alle Arten der vollkommnen Pflichten pafst. Denn
alle beruhen auf dem Princip: behandle niemand
als willkührliches Mittel zu beliebigen Zwecken.
Persönlichkeit aber ist das Vermögen eines Subjekts, sich nach eignen Gesetzen zu bestimmen.
Jeder vollkommnen Pflicht ist also, laut ihres
Princips, das Merkmal anhängig, dafs die Persönlichkeit durch dieselbe gesichert wird. 2) Es ist
nothwendig. Denn Persönlichkeit ist nichts
dem Subjekte zukommendes, sondern ein nothwendiges Prädicat. Es ist a priori gegeben, durch
die vernünftige Natur des Menschen überhaupt gesetzt, und kann nicht aufgehoben werden, ohne
die menschliche Natur selbst aufzuheben. — Dieses Merkmal kann uns daher zu einer allgemeinen
und nothwendigen Eintheilung zwischen vollkommnen und unvollkommnen Pflichten berechtigen. — Unser Problem ist aber bestimmt auf

N   dieses

dieses Merkmal angewandt: wie ist dieses Merkmal der Grund, warum das Sittengesetz denen
Pflichten, die sich auf die Persönlichkeit beziehen,
einen höhern Rang anweist, als denen, die sich
nicht auf die Persönlichkeit beziehen? — Wir
müssen, um diese Frage zu lösen, darthun, daſs
unter Voraussetzung dieses Merkmals, diese Rang-
ordnung der Pflichten, vermöge der Natur des
Sittengesetzes nothwendig sey, und, um dieses zeigen zu können, darthun, daſs sich das Sittengesetz,
wenn es etwas anders bestimmte, sich selbst
widersprechen würde. — Warum würde sich
denn aber die Vernuntt widersprechen, wenn sie
die vollkommnen Pflichten in Collision mit den
unvollkommnen durch diese aufhübe? Was für
ein Grund liegt in der Persönlichkeit, der diesen
Widerstreit bestimmt? Sehe ich auf weiter nichts,
als auf die bloſse Persönlichkeit, in wie ferne wir
darunter ein Vermögen der Person, sich nach eignen Gesetzen zu bestimmen, verstehen, so sehe
ich noch nicht, warum sich die Vernunft im oben
bestimmten Falle widersprechen würde. Ich muſs
immer noch fragen: warum widerspricht sich denn
die Vernunft, wenn sie Pflichten gegen die Persönlichkeit des Andern im Collisionsfall mit andern

dern Pflichten auf übe? Es muſs also zu der Persönlichkeit noch etwas hinzukommen, was diese
Nothwendigkeit, den vollkommnen Pflichten einen höhern Rang, als den unvollkommnen anzuweisen bestimmt. ── Die Vernunft widerspricht
sich nur dann, wenn sie dem widerspricht, was
durch sie selbst gesetzt wird. Sie muſs also in
oben bestimmten Fällen etwas durch sie selbst Ge-
setztem widersprechen, oder deutlicher, sie muſs
etwas durch sie selbst, in Betracht der Persönlichkeit, bestimmten widersprechen. Dies kann
aber entweder eine Pflicht, oder ein bloſses Erlaubtseyn, oder ein Recht seyn. Pflicht kann
es nicht seyn, denn ich habe nicht überall Pflicht
anf meine Persönlichkeit. Ich kann oft die Pflicht
haben, mich als Mittel behandeln zu lassen, mich
nicht nach eignen Gesetzen zu bestimmen. Pflicht
auf Persönlichkeit ist also nicht ein Grund, denn
er ist nicht allgemein, und doch stehen überall
die Pflichten der Güte, den Pflichten der Gerechtigkeit nach. Ein Erlaubtseyn kann es eben so
wenig seyn. Denn Persönlichkeit liegt auf dem
Gebiet der Sittlichkeit, und da hat bloſse moralische Möglichkeit nicht statt. Und denn, gesetzt
auch, ich könnte blos sagen: eine Person zu

seyn,

seyn, ist mir erlaubt, so würde dies kein solcher
Grund seyn können, welchen wir suchen. Denn
das Erlaubtseyn ist nichts durch Vernunft selbst
gesetztes, es ist etwas, was aus dem Schweigen
der Vernunft resultirt; mithin würde sie sich
selbst unter der vorausgesetzten Bedingung nicht
widersprechen können. Der gesuchte Grund muſs
daher allgemeiner seyn, als die Pflicht *), und
mehr als das Erlaubtseyn, und dieser Grund ist
kein anderer, als das Recht. Dieses ist mehr als
Erlaubtseyn — gegeben durch Vernunft selbst.
Es ist allgemeiner als Pflicht, — ich habe überall das Recht auf Persönlichkeit. Ig lich ist das
Recht der gesuchte Grund. Hat der Mensch B
ein Recht, ein durch Vernunft gegebenes Recht
auf Persönlichkeit, und beziehen sich Pflichten
der Gerechtigkeit auf diese durch das Recht bestimmte Persönlichkeit; stehen aber Pflichten der
Güte nicht in Beziehung mit dem Recht des andern, so müssen die erstern die letztern im Collisionsfalle aufheben. Denn gesetzt, die letztern
hüben die erstern auf, so widerspräche die Vernunft

---

*) Allgemeiner in Hinsicht der Anwendung
auf Persönlichkeit.

nunft sich selbst, indem sie die Kränkung eines
durch sie selbst gesetzten Rechts moralisch - möglich machte. Kommen also Pflichten der Gerechtigkeit und Pflichten der Güte mit einander in
Collision, so hören diese auf, denn ihnen correspondirt kein Recht. Die Vernunft widerspricht
sich daher nicht; jene aber bleiben, denn dieses
Bleiben ist durch die Natur der Vernunft bestimmt,
indem sie im Widerspruch mit sich selbst gerie-
the, wenn sie die Pflichten der Gerechtigkeit aufhübe und die Kränkung des Rechts des Andern
dadurch moralisch - möglich machte. — Dieses
Recht aber kann nicht wieder aus der vollkommnen
Pflicht abgeleitet werden. Denn das Fortdauern
der Pflicht soll durch die Fortdauer des durch die
Vernunft aufser dem bepflichteten Subjekt gesetzten bestimmt seyn. Wäre aber das Recht von der
Pflicht abhängig, so würde dadurch, dafs die
Pflicht aufhörte, auch das Recht aufhören. Mithin würde sich die Vernunft nicht widersprechen,
wenn sie die Pflicht der Gerechtigkeit aufhübe.
Denn mit der Pflicht hübe sie das Recht selbst
auf. Die vollkommne Pflicht setzt also das Recht,
in dem berechtigten Subjekt an sich durch Vernunft gesetzt, voraus.

Betrach-

Betrachten wir endlich die vollkommne und unvollkommne Pflicht in Rücksicht

IV. der Modalität,

so sind vollkommne Pflichten solche, welche von dem, gegen den sie statt finden, als dem bepflichteten Subjekt als nothwendig zukommend, erkannt werden, unvollkommen, von welchem ich nicht bestimmt weiß, ob sie dem Aadern außer mir zukommen *). Woher nun dieses Merkmal? warum, wodurch weiß ich bei Pflichten der Gerech-

---

*) Flatt 27. „Diejenigen sittlichen Pflichten, sagt Sulzer, welche ganz unumstößlich gewiß und allgemein bekannt sind, sind vollkommne Pflichten; diejenigen aber, von denen ein jeder Mensch nur selbst urtheilen und sie nur sich selbst auflegen kann, sind unvollkommne Pflichten., In s. vermischten Schriften. Leipzig 1773. S. 396, — Bestimmter drückt sich Mendelsohn hierüber aus, wenn er in seinem Ierusalem sagt: „Die vollkommne Pflicht ist allemal diejenige, von welcher der, der sie von einem andern verlangt, gewiß überzeugt ist, daß er sie fordern dürfe und müsse, und zu welcher derjenige, von dem sie gefordert wird, nothwendig verpflichtet ist. „

Gerechtigkeit, dafs sie dem Andern obliegen?
warum weifs ich es nicht bei Pflichten der Güte,
ob sie dem Andern obliegen?

Das Gesetz für die Pflichten der Güte ist u n-
b e s t i m mt, und setzt zu seiner Anwendung em-
piiische Bedingungen voraus. Niemand kann aber
wissen, wenigstens nicht mit vollständiger Gewifsheit es wissen, ob diese Bedingungen für den
Pflichtträger vorhanden sind, dies ist nur diesem
zu wissen möglich; folglich kann es auch der Eine nicht wissen, ob der Andere jetzt eine Pflicht
hat *). Gut! aus den Bedingungen mufs ich erkennen,

*) „Der Mensch, sagt M e n d e l s o h n (Ieru-
salem. S. 33.), kann ohne leidendes und thätiges Wohlthun nicht glücklich seyn. Der
Mensch ist also verpflichtet, seine entbehrli-
chen Güter, zum Theil wenigstens, zum Besten seiner Nebenmenschen, zum Wohlwollen
anzuwenden. Aber da das Vermögen des
Menschen eingeschränkt und erschöpflich ist;
so kommt es auf die Auswahl und nähere
Bestimmung an, wie viel er von dem Seinigen zum Wohlwollen bestimmen solle? Gegen wen? zu welcher Zeit und unter welchen
Umständen? Und dies kann nur jeder Mensch

kennen, daſs der Andere eine Pflicht hat. Die Bedingungen, welche die unvollkommne Pflicht voraussetzt, sind veränderlich und auſserhalb der Sphäre meines Bewuſstseyns liegende Bedingungen. Die Bedingungen, welche die vollkommene Pflicht voraussetzt, und aus denen ich das Vorhandenseyn der Pflicht erkennen kann, müssen bleibende und innerhalb der Sphäre meines Bewuſstseyns liegende Bedingungen seyn. Welches sind aber aber diese? Keine andere als das R e c h t, das mir in meinem Bewuſstseyn gegeben ist, und das mir sagt, daſs ich die Erfüllung der Verbindlichkeit fordern kann. Dieses Recht ist bleibend, nothwendig gegeben, und liegt innerhalb der Sphäre meines eignen Bewuſstseyns. Ich weiſs, daſs der Andere die Verbindlichkeit hat, darum, weil ich weiſs, daſs ich das Recht habe zu fordern. Die Erkenntniſs von einem Recht kann aber nicht wieder von der Erkenntniſs der Pflicht des Andern abhängen, denn alsdenn wüſste ich, daſs der Andere die Pflicht hat, weil ich ein Recht habe, und wieder, daſs ich ein Recht habe, weil der Andere

die

selber, nicht sein Nächster entscheiden, dem nicht alle Gründe der Entscheidung gegeben sind.„

die Pflicht hat; welches ein Widerspruch ist. Denn alsdenn wäre die Erkenntnifs der Pflicht des Andern durch die Erkenntnifs meines Rechts, und die Erkenntnifs meines Rechts zugleich durch die Erkeuntnifs der Pflicht des Andern bedingt *).

Nach

*) Herr Heydenreich, ein scharfsinniger Vertheidiger der relativen Deduktion, leitet das Bewufstseyn meines Rechts durch das Bewufstseyn der Pflicht des Andern aus dem Bewufstseyn des A l l g e m e i n e n Geltens der Vernunftgebote, indem er sagt: (Naturrecht, 1. Th. S. 111.) „das Bewufstseyn des Menschen, dafs ihm etwas erlaubt (Recht) sey, gründet sich auf das Bewustseyn der Vernunftgebothe, welche für alle Menschen gleich gelten. Indem der Handelnde sich dieser Vernunftverbothe und ihrer gleichen Gültigkeit für alle Menschen bewufst ist, kennt er mit apodictischer Gewifsheit die Verpflichtung der Menschen aufser ihm, eine gewisse Handlung nicht zu hindern". — Vermittelst des Bewufstseyns der Allgemeingültigkeit der Moralgesetze weifs ich freilich, dafs dem Andern überhaupt dieselben Pflichten zukommen müssen, die mir zukommen. Aber ich weifs dadurch nicht: ob in einem bestimmten concreten Falle, dem

Nach allem bisher gesagten ist es nun, glaube Ich, streng erwiesen, daſs eine relative Rechts-deduktion,

Andern eine bestimmte Pflicht zukomme. Wenn ich sage, ich weiſs, der Mensch B haᵗ die Verbindlichkeit auf sich, mich zu bezah-len, und mich ein Dritter fragt; woher weiſst du das? — und ich antworte, weil ich weiſs, daſs mir diese Verbindlichkeit, wenn ich et-was schuldig wäre, obliegen würde, das aber, was für mich gilt, kraft der Allgemein-gültigkeit des Moralgesetzes auch für alle gel-ten muſs; so kann mir dieser Dritte so ent-gegnen : Freilich gilt das im Allgemeinen, was für dich in Hinsicht auf Moralität gilt, auch für andere, aber das Daseyn der Pflicht setzt Bedingungen voraus, unter denen sie vorhanden ist. Um sagen zu können, daſs dem Andern in diesem bestimmten Falle eine Pflicht obliege, muſst du mir zeigen, daſs dieselbe Bedingung, unter welcher du die Pflicht haben würdest, auch bei ihm statt finde. Nenne mir also 1) diese Bedingung, und sage mir 2) woher du es weiſst, daſs die-se Bedingung statt habe. Darauf kann ich aber nichts anders antworten, als: ich weiſs, daſs ich überall da eine Verbindlichkeit habe, wo der Andere ein Recht hat, folglich muſs auch deduktion, ein Gebäude des Naturrechts, errichtet auf das Gebäude der vollkommnen Pflichten ein unhaltbares, schwankendes und die Vernunft in ihren Forderungen durchaus nicht befriedigendes Unternehmen fey. Weit entfernt, dafs die Rechte die vollkommen voraussetzten, setzten diese jene voraus. Vollkommne Pflichten find nur darum vollkommnen, weil sie Rechten correspondiren, unvollkommne Pflichten find nur darum unvollkommnen, weil ihnen keine Rechte correspondiren. Wir mögen uns bemühen, wie wir wollen, in dem beptlichteten Subjekt felbst den Grund der Vollkommenheit oder der Unvollkommenheit der Pflichten aufzufinden, so wird unser Bemühen vergebens seyn. Vor meinem eignen Bewustseyn blos und allein bezogen auf das Sittengesetz in mir, ohne Voraussetzung von Rechten giebt es keinen Unterschied zwischen vollkommnen oder unvollkommnen Pflichten. In diefer Beziehung find alle Pflichten vollkommen. Giebt es keine in dem berechtigten an sich gegründeten Rechte

der Andere, kraft der Allgemeingültigkeit des Moralgesetzes, in diesem bestimmten Falle eine Pflicht haben.

Rechte, so giebt es keine vollkommne Pflichten, keinen gültigen Grund ihres Daseyns, und nichts, was den Unterschied zwischen ihnen und den unvollkommnen Pflichten bestimmen könnte. Das Recht muſs daher nicht auf die vollkommnen Pflichten, sondern die Vollkommenheit der Pflichten muſs auf die Rechte erbaut *), und diese müssen

*) Wie es auch mehrere ältere Vertheidiger der absoluten Deduktion gethan haben. — So sagt der scharfsinnige Köler, der sich ausdrücklich gegen die Ableitung des Zwangs aus der Pflicht erklärt (Exerc. juris nat. Prolus. §. 5 — 7.) Cum nobis a natura et nutu creatoris detur copia cogendi alterum, ut nobis non detrahat bona, quibus jamjam instructi sumus: officia neceſsitatis eo tendunt, ne quis alteri detrahat id boni cujuscunque, quocum jamjam ornatum deprehendit. — Eben so sagt Achenwall (Jus Nat. P. I. §. 53. ed. Vita). Posito τὸ suum et jure aliquo suo, hinc positis legibus externis ponitur alterius obligatio externa ad suum (et jus suum) cuique tribuendum, ad sese abstinendum ab alieno, ad nemini suum auferendum, ad neminem in usu juris sui impediendum seu turbandum. Und mehrere Andere. — Eben dies scheinen auch einige

müssen aus einem in dem Subjekte selbst, das sie besitzt, gelegenen Grunde abgeleitet werden.

Bekannt ist der Streit der Philosophen über die vollkommnen und unvollkommnen Pflichten, bekannt, daſs dieser Unterschied von vielen geläugnet, von andern behauptet worden. — Die Hauptsumme der Argumente der Gegner wider die vollkommnen Pflichten koncentrirt sich immer auf den Punkt, daſs es vor dem Bewuſstseyn des Bepflichteten keinen Unterschied zwischen vollkommnen und unvollkommnen Pflichten geben könne. Man lese alles was über diesen Punkt gesagt ist, und man wird diese Behauptung bestätiget finden. Die Antinomie, es giebt unvollkommne Pflichten und es giebt keine unvollkommnne Pflichten, läſt sich daher sehr gut lösen. Es giebt keinen Unterschied zwischen vollkommnen und unvollkommnen

neuere bemerkt zu haben. Vorzüglich der scharfsinnige Hr. Prof. Jakob, wenn er (in seinem Naturrecht §. 85. Anm.) sagt: „Die Formel der Zwangspflichten: neminem laede, setzt den Begriff und das Kennzeichen, also das Princip des Rechts schon voraus.

nen Pflichten, blos und allein in Beziehung auf das Sittengesetz; aber es giebt einen solchen Unterschied durch das Recht aufser den Bepflichteten, entweder blos und allein durch das Recht, oder durch das Recht vermittelst des Sittengesetzes.

———

VIER-

VIERTER ABSCHNITT.

Darstellung und Prüfung des syncretistischen Systems.

———

Wie aber, wenn aus der Vereinigung beider Systeme ein haltbares Gehäude hervorgehen, und das Mangelhafte des Einen, durch das Vollständige des Andern wechselseitig ersetzt werden könnte? ——

Es läst sich nun freilich schon a priori vermuthen, dafs es mit einer solchen Coalition nicht wohl vor sich gehen und aus zwei zerrifsenen Kleidern kein Staatskleid zusammengestickelt werden könne. Gleichwohl müssen wir ein solches System einer Prüfung unterwerfen. Bei seiner Prüfung aber können wir um so kürzer seyn, je länger wir uns bei den Bestandtheilen aus denen es zusammengesetzt ist, verweilt haben.

Eine solche Coalition ist aber auf eine zwiefache Art möglich, entweder dadurch, dafs das Recht überhaupt seinem Wesen nach aus zwei verschieschiedenen Quellen abgeleitet, das Wesen des Rechts durch zwei von einander verschiedene Principien bestimmt wird, oder dafs verschiedene Rechte aus verschiedenen Quellen abgeleitet werden.

Ich prüfe die erstere Art der Coalition, welche wir, um ihr doch einen Namen zu geben, das totale syncretistische System nennen wollen, zum Unterschied von dem andern, welches wir das partielle nennen können.

————————

Prüfung des totalen syncretistischen Systems.

Nach dieser wäre das Recht dasjenige, was einerseits durch das Sittengesetz in dem berechtigten, andern Seits durch das Sittengesetz in dem bepflichteten Subjekt, in das berechtigte gesetzt würde, mithin ein durch das Sittengesetz in mir, und zugleich durch das Sittengesetz im Andern bestimmtes Erlaubtseyn, oder, wenn man lieber will, ein Erlaubtseyn und Befugniss zugleich *).

Die

*) Nach Hufeland, dem einzigen Vertheidiger dieses Systems, den ich kenne, ist das Recht, „ein durch das für den Handelnden und für Andere begründete Sittengesetz bestimmtes Vermögen zu einer Willensbestimmung (also Erlaubniss und Befugniss vereinigt).„ Naturrecht, n. A. §. 23. — Befugniss ist ihm ein durch das andern Menschen

O

Die Vertheidiger dieses Systems sehen das
Mangelhafte der absoluten Deduktion, sie sehen,
dafs der Begriff des Rechts doch wohl etwas mehr
als ein blofses Erlaubtseyn enthalten müsse *),
und nehmen daher, um sich dieses: M e h r zu erringen, zu dieser Vermischung ihre Zuflucht.
Aber leider! ist dieses Mittel kein Heilmittel für
das Naturrecht. Es ist ohne alle heilsame Wirkung, sobald man es nur mit einem forschenden
Auge betrachtet, und erscheint dann eher, als ein
Gift, als eine wohlthätige Arzney.

Der

obliegende Sittengesetz begründetes Vermögen zu einer Willensbestimmung.„ S. §. 22.

*) Dies bekennt ausdrücklich H u f e l a n d,
wenn er (Grundsatz d. N. - R. S. 33.) sagt:
„ Ich kann nicht verheelen, dafs in dem Worte: R e c h t, auch in seiner allgemeinsten Bedeutung etwas zu liegen scheint, welches in
dem Begriffe von e r l a u b t, nicht enthalten
ist, und dies kann man auch leicht vermuthen, da sonst für einen und ebendenselben
Begriff zwei Ausdrücke in der Sprache seyn
würden. „

Der Sprachgebrauch ist kein Gesetzgeber für die philosophirende Vernunft, aber er weiſs das Amt eines Wegweisers sehr gut zu verwalten, wenn wir vor seinem Fingerzeige nur nicht die Augen verschlieſsen wollen. Auch hier weist er uns auf einen sehr richtigen Weg. Wir sagen: ich habe ein Recht und eine Befugniſs. Der Sprachgebrauch unterscheidet also beide Begriffe, er weist ihnen, jedem für sich, seinen besondern Platz, seine von dem andern unabhängige Existenz an; er betrachtet mithin das Befugniſs nicht als einen Theilbegriff des Rechts, nicht als etwas, das in dem Begriff des Rechts enthalten wäre. Wäre dies, so könnte er beide Begriffe, als unabhängig von einander, nicht coordiniren, oder er würde etwas ungereimtes thun. Denn alsdenn dächte er sich den Begriff der Befugniſs als nothwendig in dem Begriff des Rechts enthalten und schlösse ihn doch von ihm aus. Er würde sagen müssen: es ist mir erlaubt und ich habe dazu eine Befugniſs, und er hätte dann mit mehr Worten eben das ausgedrückt, was in dem schlechten Ausdruck: ich habe ein Recht, enthalten wäre. Aber so redet er nicht; er sagt: ich habe ein Recht und eine Befugniſs, und zeigt

O 2   uns

uns dadurch, daſs das Befugniſs nicht als ein
Prädikat des Rechts betrachtet werden dürfe. ——
Aber, wie gesagt, der Sprachgebrauch ist nicht
Gesetzgeber; er kann uns nichts b e w e i s e n,
sondern nur w e i s e n. —— Unsere eigentlichen
Gründe wider dieses System müssen daher aus an-
dern Principien geführt werden. Und diese Grün-
de sind nach der Reihe folgende.

1) Wird durch diese Vereinigung eben so wenig etwas Reales in das berechtigte Subjekt gesetzt,
als wenn das Recht blos aus dem Sittengesetz des
Subjekts B, oder aus dem Sittengesetz des Subjekts A abgeleitet würde. Das durch das Sittengesetz in mir bestimmte Erlaubtseyn ist eine bloſse
Negation; durch das Sittengesetz im gegenüberstehenden Subjekte wird eben so wenig etwas realiter in das berechtigte Subjekt gesetzt. Man mag
nun aber diese Negationen mit einander vermi-
schen, wie man will, so kommt nie etwas Reales
heraus. Zwei $= 0$ geben so wenig Etwas, als eine
$= 0$ Etwas giebt. Ein reales Ganzes ist nur durch
die Realität seiner Theile vorhanden, und das
Ganze ist $= 0$, wenn seine Theile $= 0$ sind.

2) Dem

2) Dem Recht, wie oben gezeigt worden, correspondirt nicht : immer eine Verbindlichkeit des Andern. Die Befugniſs als ein Ingrediens des Rechts hängt aber von dieser Verbindlichkeit ab; folglich würde ich in allen denen Fällen kein Recht haben, wo der Andere keine Verbindlichkeit hat. Und doch habe ich oft ein Recht, wo für den Andern keine Verbindlichkeit statt findet.

3) Geht die Sphäre der Befugniſs weiter, als die Sphäre der Erlaubniſs. Befugt in dem oben bestimmten Sinne bin ich in allen Fällen, wo mich der andere nicht hindern darf, folglich in allen Fällen, wo ich nicht das Recht des andern kränke; erlaubt ist mir aber nur das, was dem Sittengesetz nicht widerspricht, mithin bin ich zu mehr befugt, als was mir erlaubt ist. Nun gehört Erlaubniſs nothwendig zum Begriff des Rechts, folglich kann ich nur zu dem berechtigt seyn, was dem Sittengesetz nicht widerstreitet und äuſsere Rechte sind unmöglich. Alles, was oben hierüber gesagt ist, gilt nun auch hier.

4) Oben ist gezeigt worden, daſs das Recht die vollkommene Pflicht nicht voraussetze, und

aus

aus dieser keineswegs abgeleitet werden könne.
Hier aber wird die vollkommne Pflicht, als das
Recht zum Theil begründend, vorausgesetzt. Das
oben gesagte findet mithin auch hier seine Anwendung.

5) Gesetzt nun aber auch, dafs es mit dieser
Ableitung seine Richtigkeit hätte, so müste das
Naturrecht, wenn die Vertheidiger dieser Deduktion consequent seyn wollten, nicht einen,
sondern zwei, nicht einander subordinirte, sondern coordinirte, nicht coordinirte adäquate, sondern coordinirte inadäquate Grundsätze des Rechts
aufstellen. Der Grundsatz der Rechte mufs
von der Seite her geführt werden, auf welcher
der Grund des Rechts gelegen ist. Giebt es
nun zwei von einander verschiedene, und auf
ganz andern Seiten gelegene Gründe des Rechts,
so mufs es auch zwei von einander verschiedene,
und von verschiedenen Seiten her geführte Grundsätze der Rechte geben. Der, der das Befugnis
bestimmt, müste der Grundsatz der Gerechtigkeit,
der andere, der das Erlaubtseyn bestimmt, der
Grundsatz der moralischen Möglichkeit seyn.
Keiner von diesen Grundsätzen dürfte allein

an

an der Spitze des Naturrechts stehen, denn dann
würde das Daseyn des Rechts nur zur Hälfte bestimmt seyn. Der Grundsatz der moralischen
Möglichkeit würde das Recht nur zur Hälfte,
nämlich in Hinsicht auf das in seinem Wesen gegründete Erlaubtseyn bestimmen; — der Grundsatz der Gerechtigkeit, würde das Recht ebenfalls
nur zur Hälfte, nämlich von Seiten der in seinem
Wesen gegründeten Befugnis bestimmen. Beide
Grundsätze müsten daher vereinigt an der Spitze
des Naturrechts stehen, wenn das Recht in seinem
ganzen Umfang begründet werden sollte. — Diese
Grundsätze würden aber einander coordinirt seyn,
denn keiner läst sich aus dem andern ableiten,
keiner ist höher als der andere, weder der Grundsatz der Gerechtigkeit, noch der der moralischen
Möglichkeit. — Diese einander coordinirten
Grundsätze wären aber endlich auch einander
inadäquat. Der Grundsatz der Gerechtigkeit bestimmt mehr als der Grundsatz der moralischen
Möglichkeit. Das durch ihn begründete könnte
mit dem, was durch diesen begründet wird, nicht
gleiche Schritte halten.

Da nun das Naturrecht Rechte lehren soll, Rechte aber nach dieser Theorie nur aus einem Erlaubtseyn und einer Befugnifs zugleich bestehen können, und der Grundsatz der Gerechtigkeit eine weitere Sphare bestimmt, als der Grundsatz der moralischen Möglichkeit, so kann jener Grundsatz nur zum Theil ein einheimischer Grundsatz des Naturrechts seyn, er liegt zur Hälfte auf dem Gebiet des Naturrechts, zur Hälfte auf einem andern Gebiet. Wie stünde es denn mit der Einheit der Wissenschaft?

Die Unbrauchbarkeit dieser Deduktion ist nun, wie ich glaube, zur Genüge erwiesen. Sie fällt mit der Unbrauchbarkeit der absoluten und relativen Deduktion, aus welchen sie zusammengesetzt ist. Nicht besser und wo möglich noch schlimmer steht es mit der zweiten Art einer Coalition beider Deduktionen, nach welcher verschiedene Rechte aus diesen verschiedenen Quellen abgeleitet werden.

ZWEITE

ZWEITE ABTHEILUNG.

Prüfung des partiellen syncretistischen Systems.

———

Kann das Recht überhaupt nicht aus diesen Quellen abgeleitet werden, kann weder das Sittengesetz in mir, noch auch das Sittengesetz in Andern irgend ein Recht bestimmen, ist der Begriff des Rechts überhaupt auf keiner dieser Gegenden gelegen; so ist es vergebliche Mühe, etwas, wovon gezeigt worden, daſs es keinem von dem unter dem Begriff des Rechts enthaltenen Dingen zukommen könne, einzeln beilegen zu wollen. Und mit diesen wenigen Worten könnten wir die Prüfung dieser Deduktion schlieſsen und uns nur auf das berufen, was wir oben über die absolute und relative Deduktion insbesondere gesagt haben. Allein die Achtung für einen unserer ersten und scharfsinnigsten Denker gebietet mir noch einige Augenblicke hier zu verweilen. Dieser Mann ist Herr Salomon Maimon, der einzige mir bekannte Vertheidiger dieser Theorie, die durch
seinen

seinen Tiefsinn in einer vorzüglichen Originalität aufgetreten ist,

Er unterscheidet *) dreierlei Arten des Rechts 1) ein apodiktisches, 2) ein assertorisches, 3) ein problematisches Recht. Ein apodiktisches Recht ist ihm dasjenige, welches indirekte aus dem Sittengesetze entspringt, und es entspringt indirekte aus dem Sittengesetz, in wie ferne das Subjekt B die Pflicht hat, etwas nicht zu hindern, und dadurch, dafs der Wille des Subjekts A. wenn er die Handlung hindern will, direkte aus dem Moralgesetze als unrechtmäfsig bestimmt wird, der diesem entgegengesetzte Wille des Subjekts B als rechtmäsig erklärt wird. — Das assertorische und problematische Recht wird als Bedingung zu dem möglichen Gebrauch des Moralgesetses bestimmt, beide aber in verschiedener Hinsicht. Ich habe darum ein problematisches Recht, weil, wenn ich dieses Recht nicht hätte, es keine Pflichten, in Beziehung auf dieses Recht, geben könnte, die Moral also ohne alle Anwendung wäre. So bei dem

Recht

*) Niethammers Journal. 6tes Stück. 95.

Recht eine herrenlose Sache zu occupiren. Hier
ist weder dem Subjekt A, noch dem Subjekt B
die Occupation geboten; aber doch soll es Pflichten des Eigenthums geben, folglich muſs es Eigenthum geben, und ich habe blos durch den wirklichen Willen das Recht, eine herrenlose Sache zu
occupiren. Das problematische Recht habe ich
dann, wenn mein Wille mit dem Willen des Andern collidirt, das Sittengesetz es aber unmöglich
wollen kann, daſs kein Wille realisirt werde und
das Moralgesetz mithin die Entscheidung der physischen Stärke überlassen muſs.

Aber hier fragt sich vor das Erste, wo ist
denn das Kriterium, nach welchem ich weiſs,
ob ein Recht als indirekte Folge aus dem Sittengesetz, oder als Bedingung seines möglichen Gebrauchs bestimmt wird? ob ein Recht ein apodiktisches oder ein assertorisches Recht ist? Das
Recht, mein Leben zu erhalten, wird es dadurch
bestimmt, daſs der Andere die Pflicht hat, mich
an der Erhaltung meines Lebens nicht zu hindern,
oder dadurch, weil es sonst keine Pflichten für
andere in Beziehung auf die Erhaltung meines Lebens geben konnte? ist es mithin ein apodikri-

sches

sches oder ein assertorisches Recht? — Es giebt
unzählich viele Rechte, die eben sowohl apodiktische als assertorische Rechte seyn können. Herr
Maimon müsste daher noch eine vierte Art von
Rechten annehmen, solche nämlich, die apodiktisch und assertorisch zugleich wären.

Und was ist denn das apodiktische Recht?
Nichts weiter als ein Nicht gehindert werden dürfen. Mein Wille soll dadurch rechtmässig werden,
weil der demselben entgegengesetzte Wille unrechtmäfsig ist; ich soll dadurch ein Recht erhalten,
weil in dem Subjekt des Andern von dem Moralgesetz ein Unrecht bestimmt ist. Das über die
relative Deduktion gesagte gilt daher auch hier.

Und wie entsteht denn das assertorische
Recht? Es entsteht dadurch 1) dafs mein Wille
als allgemeingültig vom Sittengesetz bestimmt,
mir also etwas erlaubt ist, und dafs 2) die Realisirung dieses Willens eine Bedingung des möglichen Gebrauchs des Sittengesetzes ist. Der
scharfsinnige Mann fügt das letztere Merkmal
darum hinzu, um einen scheinbaren Widerspruch
des Sittengesetzes aufzulösen. Indem, wenn es das
Sit-

Sittengesetz jedem vernünftigen Wesen möglich
macht, z. B. eine herrenlose Sache zu occupiren,
und wenn in dieser Möglichkeit allein schon das
Recht bestünde, alle auf alles ein Recht hätten,
mithin keiner die Sache occupiren dürfte, das
Sittengesetz mit sich selbst in Widerstreit gerathen
würde, in wie ferne es dadurch die Occupation
moralisch möglich und zugleich unmöglich
machte; oder aber wenn in jenem Erlaubtseyn
schon die Möglichkeit einer Occupation enthalten
wäre, nothwendig eben dieses Recht des Andern
gekränkt würde. Es muſs also, glaubt Maimon,
noch etwas hinzukommen, wodurch dieser Widerstreit aufgehoben und diese Ausnahme vom Sittengesetz in eine blos scheinbare Ausnahme verwandelt wird. Und dieses etwas besteht nun darin,
daſs das Sittengesetz, als Bedingung seines möglichen Gebrauchs, (in wie ferne es sonst keine
Pflichten gegen das Eigenthum geben könnte) die
wirkliche Occupation möglich macht.

Hiebei ist nun aber zu bemerken:

1) daſs es gar keine Ausnahme vom Sittengesetze ist, wenn B eine herrenlose Sache occu-
pirt

pirt, denn die Allgemeingültigkeit meines
Willens kommt mit der des Andern gar nicht
in Collision. Das Sittengesetz giebt dem
Subjekt A die Erlaubnifs, eine herrenlose Sache zu occupiren, und dem Subjekt B giebt
es auch diese Erlaubnifs. Formaliter also gäbe
es (vorausgesetzt, dafs Recht in dem Erlaubten bestünde) dem Subjekt A und B ein gleiches Recht auf eine herrenlose Sache. Aber
auch nur formaliter. Er kann sich das Recht
auf eine Sache, er kann sich Eigenthum erwerben. Will es nun wirklich das Subjekt,
so wird sein formales Recht auf Eigenthum
angewandt auf eine Materia, und sein Recht
auf Eigenthum überhaupt ist ein Recht auf
ein bestimmtes Eigenthum geworden. Seine
Möglichkeit auf ein Objekt A widerstreitet
nun nicht der Möglichkeit des Andern auf
eben dieses Objekt A. Denn dadurch, dafs
sie gleiche Möglichkeit zu einem bestimmten
materiellen Recht haben, haben sie noch
nicht selbst gleiches materielles Recht und die
Zueignung eines bestimmten Objekts würde
nur denn ein Widerspruch seyn, wenn beide
realiter schon ein Recht auf ein bestimmtes
Objekt

Objekt hätten. Die Vernunft aber giebt einem jeden die Möglichkeit des Rechts, die
Wirklichkeit desselben sichert sie ihm zu, unter der Bedingung, dafs er es will; dadurch,
dafs er es nun will, erfüllt er die Bedingung,
unter der ihm das Recht wirklich werden
kann, und kränkt dadurch nicht ein Recht
des Andern — nicht das Recht auf das bestimmte occupirte Eigenthum, denn auf dieses
hat er durch die blofse Möglichkeit des
Rechts noch kein wirkliliches Recht. —

2) Ist auch der Schlufs: Es mufs Rechte geben,
weil es sonst keine Pflichten gegen das Eigenthum geben könnte, wie mir dünkt, etwas
übereilt. Zergliedert lautet dieser Schlufs
also:

1. Wenn es keine Rechte gäbe, so könnte
es auch keine Pflichten geben; (denn
Pflichten auf Eigenthum setzen Rechte
auf dasselbe voraus).

2. Nun giebt es Pflichten, das Eigenthums-
recht des Andern nicht zu verletzen;

3. folg-

3. folglich muſs es auch Rechte auf Eigenthum geben.

Allein da sehe ich noch gar nicht ein, warum es denn keine Pflichten geben könne, den Andern an der Occupation einer Sache nicht zu hindern, wenn schon kein von der Pflicht verschiedenes Recht in dem Subjekt B vorhanden wäre. Gesetzt auch, es gäbe kein Recht auf Eigenthum, so kann doch das Sittengesetz gebieten, die Handlung des Subjekts B nicht zu hindern. Der Grund, warum es Pflichten blos als solche giebt, beruht auf dem Princip der moralischen Vernunft: Deine Maxime muſs sich, als allgemeines Gesetz gedacht, nicht selbst widersprechen. Aus diesem Princip des Gesetzes flieſsen alle Pflichten der Gerechtigkeit; alle diese Pflichten werden durch dieses Princip bestimmt, und da bedarf es keiner Voraussetzung von Rechten *). Das Sitten-

*) Man könnte glauben, daſs dies ein' offenbarer Widerspruch gegen das sey, was ich oben behauptet habe, daſs nämlich die vollkommnen Verbindlichkeiten das Recht, als in dem berechtigten Subjekt begründet, voraussetzen.

Sittengesetz hat in sich selbst den Grund zu Bestimmung der Pflichten. —— Wenn Herr Maimon schon in die Pflicht gegen das Eigenthum das Merkmal hineinlegt, dafs es eine Pflicht sey, das Recht des Andern auf Eigenthum nicht zu verletzen, so ist dies eine sehr grofse petitio principii. Denn da werden Rechte schon vorausgesetzt, die doch erst erwiesen werden sollen, vorausgesetzt, dafs sich Pflichten auf Rechte beziehen. Wenn es Rechte auf Eigenthum giebt, so ist freilich die Pflicht das Eigenthum nicht zu verletzen, per consequentiam die Pflicht das Recht des Andern auf Eigenthum nicht zu verletzen. Ehe

es

Allein für den aufmerksamen Leser wird wohl kein Widerspruch zwischen diesen Behauptungen seyn. Hier rede ich von den Pflichten der Gerechtigkeit ihrem Inhalte nach, dort sprach ich von den Pflichten der Gerechtigkeit ihrer besondern Form nach — in wie ferne den Pflichten der Gerechtigkeit das Prädikat vollkommen beigelegt wird. Jena wird durch das Princip des selbsteignen Sittengesetzes, diese durch die Rechte des Andern bestimmt.

P

es aber bewiesen ist, dafs es wirklich Rechte
gebe, dürfen wir blos von dieser Pflicht als
einer Pflicht reden, den Andern an dem Gebrauch oder der Occupation einer Sache nicht
z u h i n d e r n.

3) Wie soll denn daraus, dafs die Handlung Bedingung des Gebrauchs der Moral ist, ein
Recht entspringen? Das Erlaubtseyn ist schon
da; das Recht aber wird es nur dadurch, dafs
die Wirklichmachung dieses Erlaubtseyns eine
Bedingung zum Gebrauch der Moral ist. Das
Sittengesetz mufs mithin zum Erlaubtseyn,
darum, weil es eine solche Bedingung ist,
noch etwas hinzufügen. Und was könnte
denn das seyn? — Nicht ein bedingtes Erlaubtseyn. Denn das würde eine Pflicht voraussetzen. Und Pflicht, sich Eigenthum zu
erwerben, läfst sich nicht, wenigstens nicht
im Allgemeinen, erweisen. Also müfste es
seyn ein absolutes Erlaubtseyn. Das assertorische Reckt bestünde daher in einem Erlaubtseyn des Erlaubtseyns, welches am gelinde-
sten gesprochen, so wenig etwas, als
Ein Erlaubtseyn ist.

Das

Das sogenannte problematische Recht, ohne
auf andere Gründe Rücksicht zu nehmen, beruht
auf demselben, oder doch einem ähnlichen Grunde. Der Wille zweier verschiedener Subjekte collidirt. Der Wille kann also nicht allgemein seyn.
Aber das Sittengesetz muſs doch, vermöge seiner
Allgemeingültigkeit, erlauben, daſs ein Erlaubtseyn in den zwei Subjekten wirklich werde, folglich muſs es erlauben, daſs das Erlaubtseyn wirklich werde, und da dies nun nicht anders, als
durch physische Kräfte möglich ist, die Realisirung dieses Erlaubtseyns durch physische Kräfte
erlauben. Das Recht besteht daher auch hier aus
zwei Negationen.

Aber genug von dieser Theorie, deren Unhaltbarkeit schon, wie ich glaube, aus allem
oben Gesagten folgt, und bei der wir nur, aus
Achtung für ihrem scharfsinnigen Urheber, verweilen muſsten.

———————

So

So viel ist gewiſs — und dies sey das Resultat meiner bisherigen Betrachtung — daſs es der Vernunft auf dem Wege durchaus nicht gelingen könne, zu ihrem Ziele zu gelangen, daſs es vergebliches Unternehmen ist, das Recht aus dem Sittengesetze, sey es nun aus dem Sittengesetze des berechtigten oder des bepflichteten Subjekts, oder aus beiden zugleich abzuleiten. Dies ist ein Irrweg, der alle bisherigen Rechtslehrer irre leitete, der weder in seinen Gründen fest, noch in seinen Resultaten befriedigend ist, und der, wir mögen ihn auch noch so sehr ebnen, nicht auf das eigenthümliche Gebiet des Naturrechts führt. Aber nichts ist verzeihlicher, und nichts begreiflicher, als daſs sich die Naturrechtslehrer diesem Irrwege so lange anvertrauten, und statt ihn gänzlich zu verlassen, nur auf seine Ausbesserung und Verschönerung bedacht waren. Das Recht steht mit dem Sittengesetz in einer so nahen Verwandtschaft, und ist in seinen Merkmalen, wie sich dieselben der gemeine Verstand vorstellt, mit den eigentlich moralischen Begriffen so übereinstimmend, das rechtlich - mögliche ist mit dem moralisch - möglichen, das rechtliche mit dem Erlaubten so sehr dem Schein nach identisch, und

das

das Gefühl von jenem mit dem Gefühl von diesem
so sehr in einanderfliefsend, dafs es gewifs nicht
zu verwundern ist, wenn die Denker, durch diesen täuschenden Schein geblendet, die rechtlichen
Begriffe mit den moralischen für gleichbedeutend
aufnahmen, oder doch jene mit diesen aus einer
und derselben Quelle ableiteten.

DRIT-

DRITTER THEIL.

Einzigmögliche Deduktion des Rechts-begriffs.

I.

EINLEITUNG.

Unsere Kritik hätte also, wenn es anders mit ihren Gründen seine Richtigkeit hat, der Vernunft die Nothwendigkeit gezeigt, ihren bisherigen Weg zu verlassen, und nichts da zu suchen, wo das Gesuchte auf keine Weise zu finden ist. Sie hat sich dadurch, wenn es ihr anders in ihrer Bemü-hung gelungen ist, schon ein negatives Verdienst

um.

um die Vernunft erworben, indem sie dieselbe
von vergeblichen Bemühungen abhält und ihr
ein Feld entreifst, auf dem sie für diesen Zweck
nichts zu suchen hat. Aber sie hat noch mehr zu
thun, sie hat die Vernunft nicht blos von ihrem
Irrwege abzuführen, sie hat sie auch auf den rechten Weg zu leiten, und wieder aufzubauen, wo
sie niedergerissen hat.

Das Recht ist ein praktischer Gegenstand, und
die Fragen, die sich auf ihn beziehen, lassen sich
ohnmöglich von der Hand weisen. Wir sollen
rechtlich handeln, wir haben unsere Rechte zu
schätzen und die Rechte anderer zu achten. Wir
müssen daher wissen, was wir und andere für
Rechte haben; um dies wissen zu können, müssen wir eine Wissenschaft der Rechte haben, und
ehe wir diese uns zu verschaffen vermögend sind,
müssen wir wissen: ob es überhaupt ein Recht
giebt, und wie es durch Vernunft möglich ist?
— Die Frage über den Grund des Rechts ist daher keine müfsige Frage, keine Frage, die die
Vernunft, ihres Interesse unbeschadet, unbeantwortet von sich weisen kann, keine Frage, die —
ein Spinnengewebe eitler Spekulation — nur die

spitz-

spitzpfindigen Grübler, nicht den denkenden Philosophen beschäftigen dürfte. Sie ist an das heiligste Interesse der Vernunft und des menschlichen Herzens geknüpft. — Von ihrer Beantwortung hängt das Daseyn oder Nichtdaseyn der Rechts-Wissenschaft, ihre Möglichkeit oder Unmöglichkei, ab, und ist als nothwendige Bedingung einer Wissenschaft der Rechte nicht blos in theoretischer, sondern auch in praktischer Hinsicht von der äufsersten Wichtigkeit.

Es könnte nun wohl freilich mancher eine Wissenschaft der Rechte für etwas in praktischer Hinsicht gar wohl entbehrliches, das Aufbauen eines solchen Gebäudes für eine folgenleere Beschäftigung einer müfsigen Spekulation, und darum auch jene Frage, deren Beantwortung der Hauptstein dieses Gebäudes ist, für nichts weiter, als ein Produkt der Neugierde halten. Wozu, können sie sagen, brauchen wir es erst durch die philosophirende Vernunft zu erfahren, dafs wir Rechte haben, und welches dieselben sind? Unser Herz, unser praktisches Gefühl belehrt uns am besten über diesen Gegenstand, und so lange

ge das ist, brauchen wir, um handeln und
richtig handeln zu können, keinen Philosophen
und kein Naturrecht.

Freilich kann die Wissenschaft keine Rechte
geben; diese sind schon vor ihr in dem menschlichen Geist vorhanden. Die philosophirende Vernunft ist nur der Interpret der praktischen; sie
kann nichts weiter thun, als daſs sie in der Wissenschaft die Rechte aufbewahrt, diese, die vor
der Wissenschaft in dem menschlichen Geist nur
gleichsam herumirrten, „durch Einsicht des Grundes festkettet" und das bloſse Meynen zum
Wissen, die Gefühle zu Begriffen, die klaren
oder dunklen Vorstellungen zu deutlichen erhebt.
— Aber eben dadurch erwirbt sie sich ein Verdienst um das menschliche Handeln, das ihr kein
unmittelbares Gefühl streitig machen kann. Denn
kann man sich diesem Gefühl ganz ruhig überlassen? ist es so untrüglich, daſs man nur seine
Stimme zu hören, nur seinen Aussprüchen zu
gehorchen brauchte? Ohne uns auf Gründe aus
der menschlic en Natur einzulassen, die uns un-
widersprechlich das trügliche der Gefühle, und
nicht

nicht blos die Möglichkeit und Wirklichkeit der
Täuschung durch dieselbe beweisen müssen, —
ohne uns auf diese Gründe einzulassen, blicke
man nur auf die Erfahrung, die uns hievon Zeug-
niſs geben kann. Jeder Mensch hat ein Gefühl
seiner Rechte, jeder Mensch weiſs es durch die
Stimme seines gemeinen Menschenverstandes, daſs
er Rechte hat, die so heilig sind, als seine Pflicht.
Aber wenn es darauf ankommt, die Frage zu beantworten: was ist hier mein oder dein Recht? —
sehen wir denn auch dieselbe Harmonie, dieselbe
Einigkeit und Uebereinstimmung? das Klima, die
Erziehung, der Staat und der groſse Sophist, die
Sinnlichkeit — diese und mehrere andern Dinge,
welch einen mächtigen Einfluſs haben sie auf
unsere Urtheilskraft, der die Auslegung und Anwendung der Gefühle übertragen ist? — Und
unter diesen Bedingungen könnten wir eine Wissenschaft entbehren, die uns gründlich über
unsere Rechte belehrt? Wir könnten uns gefahr-
los den Eingebungen unsres Herzens und den Aussprüchen unsres gemeinen Menschensinnes überlassen? — Und was haben wir denn dem Despotismus entgegenzusetzen, dessen Charakter in der

Unter-

Unterdrückung der Menschheit, in dem Zertreten
ihrer Würde, in der Kränkung ihrer Rechte besteht? — Rechte, die wir nur meynen, Ansprüche, die wir durch nichts rechtfertigen können,
als dadurch, dafs wir sie haben. Wir müssen
ihm die Rechte, die er kränkt, beweisen und
unsere Ansprüche durch Vernunft beglaubigen;
wir müssen ihm zeigen, dafs wir über diese Rechte
nicht blos meynen, sondern dafs wir sie wissen,
dafs sie nicht blos erträumt, sondern wirklich,
dafs sie nicht das Produkt des menschlichen Stolzes,
sondern der menschlichen Vernunft sind; —
wir müssen dies thun können, wir müssen einen
Codex unserer Menschenrechte haben, oder für
die Menschheit ist kein Heil zu hoffen und ihre
Rettung müssen wir dem blinden Ohngefähr und
der allgütigen Zeit überlassen.

Eine Wissenschaft der Rechte kann daher unmöglich aufgegeben werden. Sie ist mit dem Interesse des menschlichen Herzens unzertrennlich
verbunden, und kein bisheriges Mifslingen bei
dem Aufbauen dieser Wissenschaft darf uns von
ferneren Versuchen abhalten. Das physische Uebel

soll

soll uns zur Thätigkeit aufreitzen, das intellek-
tuelle soll uns antreiben, es zu verbessern. ___
Was wir auf dem einen Weg nicht suchen dürfen,
müssen wir auf einem andern suchen, was wir
dort nicht finden konnten, kann vielleicht auf
einem andern Wege gefunden werden.

ERSTER

ERSTER ABSCHNITT.

Deduktion des Rechtsgrundes überhaupt.

———

Und welches ist denn nun der Weg, der uns bei
Begründung der Menschenrechte, und bei der Auflösung der Frage: welches ist der Grund des
Rechts? zum Ziele zu führen vermag? — Um
diesen Weg bestimmt vorzeichnen und diese Frage
gehörig beantworten zu können, wollen wir vorerst dasjenige genau ins Auge fassen, was wir auf
diesem Wege zu suchen, und welche Klippen wir
zu vermeiden haben.

Die vollkommne Pflicht setzt das Recht voraus. Eine Pflicht, in wie ferne sie vollkommen
ist, ist es nur dadurch, dafs ihr ein Recht gegen-
über steht. — Es giebt oft Rechte, wo keine
Pflicht da ist. Folglich kann das Recht seinen
Grund nicht in der vollkommnen Pflicht haben,
und eine relative Deduktion ist unmöglich. Die
vollkommne Pflicht setzt aber das Recht als in
dem berechtigten Subjekt selbst gegründet voraus.
Mithin

Mithin mufs das Recht in dem berechtigten Subjekt an sich gegründet seyn, — es ist eine absolute Deduktion nothwendig.

Das Erlaubtseyn ist eine blofse Negation, und nur negativ mit der Vernunft verknüpft. Wird daher das Recht in ein Erlaubtseyn gesetzt, so ist es eine blofse Negation und ebenfalls nur negativ mit der Vernunft verknüpft; es ist daher kein Gegenstand, dem reale Prädikate zukommen können, und nichts mit der Vernunft positiv-verknüpftes. Wird endlich das Recht in ein blofses Erlaubtseyn gesetzt, so ist kein äufseres Recht, kein Zwangsrecht und keine rechtliche Freiheit möglich. Folglich ist eine absolute Deduktion aus dem Sittengesetz unmöglich.

Unser Problem lautet daher so: einen vom Sittengesetz verschiedenen in dem berechtigten Subjekt an sich gelegenen Grund des Rechts zu finden.

Aus diesem Grunde soll sich aber ergeben 1)die Möglichkeit äufserer Rechte 2) der Zwangsrechte, 3) der rechtlichen Freiheit, 4) soll sich

daraus

daraus ergeben das Recht überhaupt, als ein realer, mit reellen Prädikaten versehener Gegenstand, und 5) als ein mit der Vernunft positiv
verknüpfter, mithin durch Thätigkeit der Vernunft
hervorgebrachter Gegenstand.

Unsere Aufgabe lautet demnach in ihrer vollen Bestimmtheit so: einen in dem berechtigten Subjekt an sich gelegenen
Grund des Rechts aufzufinden, durch
welchen äufsere Rechte, Zwangsrechte, rechtliche Freiheit und das Recht
überhaupt, als ein durch reelle Merkmale bestimmter und mit der Vernunft
positiv verknüpfter Gegenstand möglich ist.

Das Recht wird nicht durch seine Materie bestimmt, sondern es bestimmt die Materie. Durch
die Materie würde das Recht bestimmt, wenn jene
dem Recht vorhergehen und aus der Beschaffenheit jener dieses entspringen müfste. Ich hätte
alsdenn ein Recht darum, weil ich dieses oder jenes wollte, weil durch diese oder jene Materie
mein Empfindungsvermögen angenehm afficirt
würde.

würde. Von dieser Beschaffenheit ist es aber nicht; ich habe nicht darum ein Recht, weil mich die Materie des Rechts angenehm afficirt, sondern eine Materie wird zum Recht, darum weil es unter die Rechtsform, unter das Recht im Allgemeinen gehört. Vieles ist mir angenehm, vieles würde mein Glück vermehren, wozu ich doch kein Recht habe. — Das Recht geht also der Materie vorher, jenes bestimmt diese, und wozu ich ein Recht habe, dazu habe ich ein Recht, nicht darum, weil ich es begehre, sondern schlechthin darum, weil es Recht ist. —

Würde das Recht durch die Materie bestimmt, so könnte es nicht allgemeingültig seyn, und es wäre widersinnig, von Rechten zu reden, die für alle vernünftige Wesen gleich gültig wären. Denn alsdenn hienge das Recht von den Begehrungen ab, für die es nichts allgemeingültiges geben kann. Was mir ein Recht wäre, das wäre es nicht dem andern; denn was mich angenehm afficirt, afficirt nicht auch darum den andern angenehm. —

Würde das Recht durch die Materie bestimmt, so könnte es nicht nothwendig seyn, denn es hienge

hienge von empirischen, zufälligen Bestimmungen
des Subjekts ab.

Wäre das Recht durch die Materie bestimmt,
so müfste es auch Grade des Rechts geben. Etwas
müfste mehr ein Recht seyn, als das andere. Die
Materie, in Beziehung auf unser Empfindungsvermögen, hat Grade. Das eine afficirt mehr, das
andere weniger unser Empfindungsvermögen, ist
mehr oder weniger angenehm. Es müfste daher
auch in dem Recht Grade geben, das eine Recht
müfste mehr ein Recht seyn, als das andere. Aber
ein Recht ist, so wie die Pflicht, nur eins. Es
giebt keine Pflicht, zu der ich mehr verbunden,
und kein Recht, durch das ich mehr berechtigt
wäre, als das andere.

Da nun das Recht etwas schlechthin gesetztes, nichts durch die Sinnlichkeit bedingtes ist,
so kann es weder durch den Verstand, noch durch
die empirisch bedingte Vernunft, sondern es mufs
durch die reine Vernunft gegeben seyn. —
Der Verstand kann für den Willen nichts absolutes, schlechthin gültiges bestimmen. Er ist, in
wie ferne er praktischer Verstand heifst,

Q   an-

an die Sinnlichkeit gebunden, setzt einen gegebenen Stoff voraus, von dem er Regeln für den
Willen abstrahirt, die aber eben darum empirisch
bedingt, und nur comparativ allgemein und nothwendig sind. Das Recht, als etwas schlechthin
gesetztes, nicht durch die Materie bestimmtes,
sondern dieselbe bestimmendes, kann nicht Produkt des Verstandes seyn, der nur das Vermögen,
praktischer und pragmatischer Regeln ist. — Die
empirische Vernunft ist eben so wie der Verstand,
aber nur mittelbar, an die Sinnlichkeit gebunden.
Sie setzt ebenfalls, wie der Verstand, einen sinnlichen, aber schon durch den Verstand gebildeten
Stoff voraus, aus dem sie Grundsätze für
den Willen abstrahirt, die aber nur empirisch bedingt sind, und ebenfalls nur comparative Allgemeinheit und Nothwendigkeit haben können. Das
Recht, als etwas schlechthin gesetztes, nicht
durch die Materie bestimmtes, sondern dieselbe
bestimmendes, kann daher nicht ein Produkt der
empirischen, es muſs ein Produkt der reinen
Vernunft seyn.

Das Recht ist ein praktischer Gegenstand;
denn 1) es bezieht sich auf unsern Willen, es ist
unserm

unserm Willen gegeben. Wir sind berechtigt das zu thun, wozu wir ein Recht haben;
wir sind nicht berechtigt zu thun, wozu
wir kein Recht haben. 2) Beruht das Recht nicht
auf Naturbegriffen, wie pragmatische Regeln und
Grundsätze. Denn es ist nicht, wie im vorhergehenden gezeigt worden, aus der Natur, aus einer
Materie entsprungen; es geht der Materie vorher
und bestimmt dieselbe *). Da nun das Recht, als
etwas schlechthin gesetztes, Produkt der reinen
Vernunft, Recht aber ein sich auf den Willen be-
ziehender praktischer Gegenstand ist, und die
Vernunft, in wie ferne sie dem Willen etwas bestimmt, praktische Vernunft heifst; so ist
Recht das Produkt der reinen praktischen
Vernunft.

Das Recht kann, wie gezeigt worden, nicht
aus dem Sittengesetz, als einem Produkt der reinen praktischen Vernunft hergeleitet werden. Nun
aber ist doch die reine praktische Vernunft Grund

Q 2 des

*) Hieraus ergiebt sich, dafs das Naturrecht
nicht eine theoretische, sondern praktische Wissenschaft ist.

des Rechts. Folglich muſs das Recht in einem eignen R e c h t e gebenden V e r m ö g e n der praktischen Vernunft gegründet sey.

Nicht also die praktische Vernunft, in wie ferne sie Grund des Sittengesetzes und der Pflichten ist, sondern die praktische Vernunft, in wie ferne sie ein eignes Rechte gebendes Vermögen besitzt, in wie ferne sie neben der Funktion, durch die sie Pflichten constituirt, noch durch eine andere Funktion thätig ist, ist der Grund, das principium essendi, der Rechte. Die praktische Vernunft als thätiges, p o s i t i v bestimmendes Vermögen, ist nicht blos Pflichten-gebend, sondern sie besitzt auch ein positives, bestimmendes, Rechte gebendes Vermögen. Die Vernunft nun, in wie ferne sie nächst der Pflichten gebenden Funktion, noch eine Rechte gebende Funktion besitzt, wollen wir in Zukunft die p r a k t i s c h - j u r i d i s c h e V e r - n u n f t, und diese Funktion, d a s j u r i d i s c h e V e r m ö g e n oder die juridische Funktion der Vernunft nennen.

Wir hätten demnach unsere erste Aufgabe: einen vom Sittengesetz verschiedenen und in dem

berech-

berechtigten Subjekt an sich gelegenen Grund des
Rechts zu finden, gelöst. Das principium essendi
der Rechte ist eine besondere in dem Wesen der
Vernunft gegründete und der m o r a l i s c h e n
F u n k t i o n beigeordnete Funktion der Vernunft.

Und hiedurch haben wir nun einen Leitfaden
erhalten, von dem wir schon im voraus vermuthen
können, daſs er uns glücklich durch alle Laby-
rinthe hindurch, auf das eigentliche Gebiet des
Naturrechts führen werde.

Daſs es aber mit diesem Leitfaden und dem
an ihn geknüpften juridischen Vermögen der Vernunft seine Richtigkeit habe, davon wird sich wohl
ein jeder, der meinen Schlüssen mit einiger Aufmerksamkeit gefolgt ist, überzeugen können. Ist
das Recht, wie gezeigt worden, ein Produkt der
Vernunft, ist es ein Produkt der praktischen Vernunft, und nicht, wie ebenfalls dargethan worden,
ein Produkt der moralisch - praktischen Vernunft
(des Sittengesetzes), so ist die unmittelbare Folge,
daſs es ein Produkt eines b e s o n d e r n, in dem
Wesen der praktischen Vernunft gegründeten, j u-
r i d i s c h e n Vermögens seyn müsse. — Das
Recht,

Recht, als Produkt der reinen praktischen Vernunft, ist entweder durch die Funktion der Vernunft, mittelst welcher sie Pflichten giebt, gegeben, oder es ist durch ein eignes juridisches Vermögen der Vernunft vorhanden. Nun ist jenes unmoglich, folglich muß es ein eignes juridisches Vermögen geben, und das Recht muß ein Produkt dieses besondern, von dem moralischen Vermögen der Vernunft verschiedenen Vermögens seyn. Ein Drittes ist unmöglich, und dieser eigenthümliche Grund des Rechts ist nicht als Hypothese angenommen, sondern, als wirklich vorhanden, erwiesen.

ZWEI

ZWEITER ABSCHNITT.

Deduktion des Rechtsbegriffs überhaupt, aus der Natur der Vernunft überhaupt und des juridischen Vermögens insbesondere.

———

Nun aber entsteht die Frage: wie wird das Recht durch das juridische Vermögen der Vernunft bestimmt? und welches ist der eigenthümliche Charakter dieses juridischen Vermögens? — Die allgemeine Form der Vernunft ist systematische Einheit, Einstimmung des Mannigfaltigen zu Einem. Folglich muſs auch die Form der juridischen Funktion der Vernunft systematische Einheit seyn. Aber hiemit haben wir blos ein Gattungsmerkmal, ein Merkmal, das allen Funktionen der Vernunft darum, weil sie Vernunftfunktionen sind, gemeinschaftlich zukommen muſs. Das ju ridische Vermögen ist aber eine besondere Funktion der Vernunft, es muſs daher auch besondere Merkmale haben, durch die es sich von andern Funktionen unterscheidet.

Der

Der Wille ist das Vermögen, sich mit dem Bewufstseyn eigner Thätigkeit zur Hervorbringung einer Vorstellung zu bestimmen. Die Hervorbringung dieser Vorstellung ist aber entweder als nothwendig bestimmt, oder sie ist nicht als nothwendig bestimmt. Alles praktische nun bezieht sich auf die Bestimmung der Hervorbringung dieser Vorstellung. Folglich mufs alles praktische darin bestehen, dafs die Hervorbringung einer Vorstellung durch dasselbe entweder als nothwendig oder nicht als nothwendig bestimmt wird. — Die praktische Vernunft ist eine Quelle des praktischen, dessen, was die Hervorbringung einer Vorstellung bestimmt. Nun besteht die moralische Funktion der Vernunft darin, dafs sie die Hervorbringung einer Vorstellung als n o t h w e n d i g bestimmt, folglich mufs die juridische Funktion, als ein von jener verschiedenes praktisches Vermögen, die Hervorbringung einer Vorstellung *nicht* a l s n o t h - w e n d i g bestimmen.

Die juridische Funktion der praktischen Vernunft bestimmt also den Willen nicht, wie die moralische Vernunft, durch Nothwendigkeit, sie sagt nicht: du s o l l s t, oder du s o l l s t n i c h t,

wie

wie die moralische Funktion. Der Wille ist, in
Beziehung auf sie, weder durch Nothwendigkeit
angetrieben, noch beschränkt; in Beziehung auf
sie ist er frei, und das praktische Produkt derselben, das Recht, hat zum wesentlichen Merkmale,
daſs es eine Freiheit durch Vernunft
ist. Diese Freiheit, in wie ferne sie durch das
juridische Vermögen bestimmt wird, wollen wir
in Zukunft das juridische Erlaubtseyn
nennen, zum Unterschied von dem moralischen
Erlaubtseyn, von dem das Sittengesetz die Quelle
ist.

In dem Recht aber liegen mehrere Merkmale,
als ein bloſses juridisches Erlaubtseyn. Die juridische Funktion muſs daher, als Grund des Rechts,
ebenfalls noch mehrere Merkmale in ihrem Wesen
enthalten. Die juridische Freiheit ist eben so, wie
die moralische, eine bloſse Negation, nur mit
dem Unterschiede, daſs sie dort in Verneinung
einer bestimmten Nöthigung, hier in der Verneinung einer Nöthigung überhaupt besteht. Daſs
mich die juridische Vernunft nicht durch Nothwendigkeit bestimmt, daſs ich, bezogen auf sie,
frei bin, daſs das Produkt ihrer Funktion meinen
Willen

Willen weder durch Nothwendigkeit bestimmt,
noch durch Nothwendigkeit beschränkt, ist freilich für diesen meinen Willen E t w a s, denn er
ist sich, in Beziehung auf dieses Vermögen, eines
Dürfens, also der Möglichkeit einer Willensbestimmung bewußt. Aber für mein Erkenntnifs-
vermögen ist dieses D ü r f e n N i c h t s, und ich
bin genöthigt zu fragen; wie ist denn dieses Dürfen, diese Freiheit, die Abwesenheit einer Nöthigung, in Beziehung auf das Rechte gebende
Vermögen beschaffen? — welches sind denn die
realen Prädikate, die diese Freiheit bestimmen? —
wodurch unterscheidet sich denn dieses juridische
Erlaubtseyn von dem moralischen Erlaubtseyn? —
Das Recht ist mehr als ein blofses Erlaubtseyn;
das Erlaubtseyn des Rechts ist von dem leeren moralischen Erlaubtseyn verschieden; dadurch, dafs
wir es durch eine Freiheit durch Vernunft bestimmen, ist daher sein Begriff eben so wenig er-
schöpft, als das Wesen der juridischen Funktion,
wenn wir es dadurch bestimmen, dafs es den Willen frei lasse und die Hervorbringung der Vorstellung durch Nothwendigkeit determinire.

Welches

Welches sind denn aber nun die anderweiti-
gen Prädikate des Rechts? und welches der vollständige Charakter der juridischen Funktion? —

Die Vernunft setzt, vermöge ihrer Form,
welche systematische Einheit ist *), dem Willen
einen

*) Schon in meiner Schrift: Ueber die ein-
zigmöglichen Beweisgründe gegen
die Menschenrechte, leitete ich die
Pflichten aus der Form der Vernunft her, und sa-
he nachher mit grofser Freude, dafs ich mich mit
mehrern Selbstdenkern, Herrn Prof. S c h m i d t,
(im seinem Naturrecht), Herrn Heydenreich
(Propädeutik zur Moral) und Hrn. Niethham-
mer (in Schmids Journal) auf einen und
demselben Wege befand, — Aber einem
achtungswürdigen Recensenten, dessen mir
ertheiltes Lob ich zu verdienen streben werde,
schien dieser von mir betretene Weg völlig
ungangbar. So sehr ich auch jetzo in der Art,
die Pflichten aus der Form der Vernunft zu
deduciren abgehe, so glaube ich dennoch
jenen Weg im allgemeinen nicht verlassen zu
dürfen, und die Einwürfe jenes achtungswürdigen Mannes auf die Rechnung eines von mir
selbst verschuldeten Mifsverständnisses schreiben zu müssen. „Der Verfasser (so heist es

einen höchsten Zweck, indem sie ihm ein absolutes, schlechthin durch sich selbst gültiges, allgemeines

in den Annalen der Philosophie, November
1795) sucht ein höchstes Princip in der systematischen Einheit der Vernunft, worauf er alle praktische Gebote bauen will.
Aber dieses Princip der systematischen Einheit
ist ja nichts anders als ein Naturgesetz der
Vernunft, dem gemäfs sie alle ihre Wirkungen vollbringen mufs. Was soll denn aber
den Willen verbinden, die objektive Einheit der Zwecke zu seinem Bestimmungsgrunde
zu machen? — Entweder die Natur nöthigt
ihn dazu, dann ist er nicht frei; oder er thut
es von selbst oder soll es thun. Dann entsteht die Frage: Woher kommt dieses sollen? und warum macht dieses Sollen gerade
die objektive Einheit der Zwecke zu seinem
Gegenstande. Das Sollen ist offenbar höher,
als die Einheit, ist ursprünglich und
leidet daher keine Derivation. Die Einheit
aber ist ein viel zu unbestimmtes Merkmal,
als dafs man es zur Bezeichnung der Gattung
von Gegenständen gebrauchen könnte, die
unter dieses Sollen passen. — Das Princip
der systematischen Einheit ist daher zur Erkenntnifs der Materie von gar keinem Gebrauche,,, — Hiegegen erlaube mir der scharf-

meines und nothwendiges Gesetz vorschreibt. —
Sie giebt dem Willen durch dieses Gesetz P f l i c h-
t e n,

sinnige Mann folgendes zu erinnern. Ich gebrauche nicht das Princip der systematischen
Einheit als ein principium cognoscendi, sondern als ein principium essendi der Pflichten.
Ich will nicht nach einem auf die systematische
Vernunfteinheit gegründeten Princip, und
welches etwa so lautete: handle einstimmig,
nicht widersprechend, die pflichtmäfsigen und
pflichtwidrigen Handlungen erkennen. Nichts,
ob es gleich einige kritische Philosophen versucht haben, könnte unbestimmter, leerer,
gehaltloser seyn, als ein solches Princip. Ich
bediene mich daher nur der systematischen
Einheit, als eines in der Vernunft gegründeten
Naturgesetzes, nach welchem sie alle ihre
Wirkungen vollbriugen mufs, um das Daseyn, und die Nothwendigkeit des Daseyns
der P f l i c h t e n zu beweisen, und ihre verschiedenen Arten, als durch die Natur der
Vernunft bestimmt, aus der systematischen
Einheit zu deduciren. — Dafs aber dieses
Verfahren nothwendig, dafs es möglich und
nicht erträumt ist, davon glaube ich, wird
sich ein jeder leicht überzeugen können. Es
ist n o t h w e n d i g — denn es mufs doch
erwiesen werden, da fs es G e s e t z e für den

ten, zu denen er **Verbindlichkeit** hat, d. h.
deren Ausführung ihm nothwendig ist.

Mit dem Setzen dieses höchsten Zwecks dieser
Pflichten und Verbindlichkeiten, ist aber noch
nicht die Erreichung dieses Zwecks und die wirkliche Erfüllung dieser Pflichten und Verbindlichkeiten gesetzt. Zwischen dem s o l l e n und dem
s e y n ist noch eine grofse Kluft befestiget. Der
Reali-

Willen durch Vernunft gebe, und das Bewufstseyn der Pflicht kann dieser Beweis noch nicht
seyn, wenn der kritische Philosoph sich nicht
zum Popularphilosophen entwürdigen, und
seine Theorie nicht den Neckereien des moralischen Skeptikers und Empirikers, der zwar
nicht das Bewufstseyn der Pflicht, aber Vernunft als Quelle derselben leugnet oder bezweifelt, Preis geben will. Es ist m ö g l i c h
— denn sind die Pflichten ein Produkt der
Vernunft, so müssen sie in der Natur derselben gegründet seyn. Diese Natur aber besteht, wie uns die Kritik der reinen Vernunft
erweist, in der Form der systematischen Einheit. Folglich müssen sich die Pflichten aus
der systematischen Einheit, als der Form der
Vernunft, deduciren lassen,

Realisirung dieser Pflichten und Verbindlichkeiten, treten Hindernisse entgegen, welche 1) die durch das Sittengesetz zu bewirkende Einheit der Willensbestimmungen und Zwecke zerstören, sie unmöglich machen, und 2) eine Disharmonie zwischen dem sollen und dem seyn zwischen der Verbindlichkeit und der Erfüllung derselben, zwischen dem Gebot: den höchsten Zweck zu erreichen, und der wirklichen oder möglichen Erreichung des höchsten Zwecks hervorbringen. Die Vernunft muß daher, vermöge ihrer Form, außer den Pflichten, noch etwas setzen, wodurch Einstimmung des Sollens mit der wirklichen Realisirung desselben möglich wird, d. h. sie muß etwas setzen, wodurch es dem Subjekt möglich wird, die Verbindlichkeiten und das Sittengesetz in seinem ganzen Umfange zu erfüllen.

Wie aber und wie ferne kann dies die Vernunft? — Die Hindernisse, die einen Widerstreit des Sollens und des Seyns hervorbringen, liegen entweder in dem bepflichteten Subjekt selbst, oder nicht. Die Hindernisse, die der Erfüllung des Sittengesetzes in dem bepflichteten Subjekt selbst entgegen sind, liegen in dem Willen des Subjekts,

der

der als Theil der Natur nicht blos autonomisch, sondern auch heteronomisch, durch Lust und Unlust bestimmt wird. Dieses müfste die Vernunft durch physische Nothwendigkeit aufheben, dadurch, dafs sie den Willen durch ihr Gesetz nicht blos durch ein Sollen, sondern durch ein Müssen bestimmte. Aber dies ist der Natur der Vernunft und der Sittlichkeit zuwider. Folglich kann es die Vernunft nicht. Es ist aber auch durch und in dem Willen die Möglichkeit der Bestimmung durch reine Vernunftgesetze gegeben. Folglich kann von ihm hier gar nicht die Rede seyn, wo wir nur von Hindernissen der möglichen Erreichung, von solchen, die die Erreichung des höchsten Zwecks und die Ausübung der Pflichten unmöglich machen, reden. Die Hindernisse, die nicht in dem berechtigten Subjekt liegen, haben entweder ihren Grund in der Natur, (im strengsten Verstande) oder im freien Wesen. Jene ist es entweder dadurch, dafs sie das Begehrungsvermögen afficirt, und darum Hindernifs der wirklichen Erreichung ist; von dieser kann aus dem vorigen Grunde hier nicht die Rede seyn, — oder dadurch, dafs sie mittelbare oder unmittelbare Bedingung der Realisirung des

Sitten-

Sittengesetzes in der Welt der Erscheinungen ist.
— Aber die Vernunft hat in der Welt der Erscheinungen keine Causalität. — In dieser Hinsicht kann also die Vernunft nichts bestimmen,
wodurch Einstimmung zwischen dem Sollen und
der wirklichen Realisirung dieses Gebotes in der
Welt der Erscheinungen gesetzt würde. Folglich
müssen diese Hindernisse, in Beziehung auf welche die Vernunft etwas bestimmen kann, in den
Handlungen freier Wesen ihren Grund haben.
Der Mensch ist ein vernünftig-sinnliches Wesen,
er kann sich nach reinen Vernunftgesetzen bestimmen, oder durch seine Sinnlichkeit bestimmen
lassen; er kann also auch, dem Moralgesetz zuwider, die Schranken der Freiheit, die durch die
wechselseitigen Pflichten der Gerechtigkeit bestimmt sind, übertreten. Nun aber ist völlige
Freiheit des Subjekts, — wie bald dargethan werden wird — Bedingung der Ausübung¦ des Sittengesetzes und der möglichen Erreichung des
höchsten Zwecks. Folglich ist die Sinnlichkeit
vernünftig-sinnlicher Wesen, als Grund der
Schranken der Freiheit, wechselseitiges (mögliches) Hinderniſs der Erreichung des höchsten
Zwecks. Mithin muſs die Vernunft, vermöge

R   ihrer

ihrer systematischen Einheit, in Beziehung auf dieses Hindernifs, etwas setzen, wodurch Einstimmung des Sittengesetzes mit den Handlungen möglich wird. Dieses kann aber nun nicht darin bestehen, wodurch in dem Andern etwas gesetzt würde, etwa darin, dafs seine widerrechtliche Willensbestimmung unmöglich wurde; das durch Vernunft um des Sittengesetzes willen gegebene mufs etwas mir gegebenes, etwas in mich gesetztes seyn.

Dieses wird u m d e s S i t t e n g e s e t z e s w i l l e n von der Vernunft gegeben, und zwar darum, dafs mir die Erreichung des höchsten Zwecks durch Erfüllung meiner Pflichten möglich werde, in Beziehung auf andere vernünftig-sinnliche Wesen, die in eine Sphäre meiner Handlungen mit Gewalt eingreifen können. Dieses aber kann nicht anders geschehen, als dadurch, dafs ich dem Zwang der Andern Zwang entgegensetze. Folglich mufs das durch die Vernunft um·des Sittengesetzes willen in mich gesetzte darin bestehen, dafs es mir durch Vernunft möglich ist, die Freiheit von dem Zwange des Andern, durch Zwang zu erhalten. ——

Und

Und nun sind wir am Ziele angelangt! —
Die juridische Vernunft sanktionirt, um des Gesetzes willen, eine Sphäre von Handlungen, d. h.
sie erklärt sie für unverletzlich darum, weil sie
Bedingungen zu Erreichung des höchsten Zwecks
sind, und macht es dem Subjekt möglich, sie gegen alles, was sich ihnen entgegensetzt, selbst gegen vernünftige Wesen, mit Zwang zu behaupten. —

Der vollständige Charakter des juridischen
Vermögens besteht demnach darin, dafs es
Zwang dem Subjekte möglich macht, oder mit
andern Worten, um des Sittengesetzes willen eine
bestimmte Sphäre von Handlungen s a n k t i o-
n i r t.

Das R e c h t aber, als Produkt dieser juridischen Funktion besteht in einer Sanktion der Vernunft, und kann folgendermaafsen bestimmt werden. Recht ist eine, d u r c h d i e V e r n u n f t
b e s t i m m t e, M ö g l i c h k e i t d e s Z w a n g s,
oder e i n v o n d e r V e r n u n f t um des S i t-
t e n g e s e t z e s willen bestimmtes E r-
l a u b t s e y n d e s Z w a n g s.

Das

Das Wesen des Rechts besteht demnach in folgenden Pünkten:

1) Sein Grund, das principium essendi, besteht
in der juridischen Funktion der praktischen
Vernunft. Nicht die moralische Vernunft,
welche positiv blos und allein Pflichten, negativ aber nur ein Erlaubtseyn, ein moralisches Dürfen, bestimmen kann, ist die Quelle
des Rechts.

2) Sein innerer Charakter besteht

a) in einer praktischen Möglichkeit; nicht in
einer moralischen, sondern in einer juridischen, durch das eigenthümliche Rechte gebende Vermögen der Vernunft bestimmten Möglichkeit. Es besteht in einem
Erlaubtseyn, in einem Dürfen, nicht aber
in einem Dürfen oder Erlaubtseyn, welches
durch das Sittengesetz, negativ, sondern
durch die juridische Funktion der Vernunft
positiv bestimmt wird. Aber nicht eine
blofse Möglichkeit überhaupt, sondern

b) eine Möglichkeit des Zwangs
macht den innern Charakter des Rechts aus.
Die

Die Vernunft giebt ein Recht, heifst: die juridische Vernunft macht es dem vernünftigen Subjekte möglich, gegen vernünftige Wesen Zwang zu gebrauchen. Ich habe zu dieser oder jener Handlung ein Recht, heifst: meine Vernunft macht es mir möglich, diese oder jene Handlung mit Zwang zu behaupten.

Diese Zwangsmöglichkeit nenne ich eine Sanktion der Vernunft, in wie ferne die Vernunft dadurch, dafs sie, um dem Sittengesetz Causalität in der Sinnenwelt zu verschaffen, Handlungen mit Zwang zu behaupten möglich macht, diese Handlungen gleichsam in ihren Schutz nimmt und für heilig und unverletzlich erklärt. Ich konnte daher auch mit einem Worte sagen, dafs das Wesen des Rechts in einer Sanktion der Vernunft bestehe.

Wie sich nun diese Bestimmung des Rechts von derjenigen unterscheide, nach welcher das Recht in einer blofsen moralischen Möglichkeit besteht,

besteht, wird dem aufmerksamen Leser ohne viele
Mühe einleuchten.

Während das Recht der absoluten Deduktion
in einer blofsen Negation bestand, nämlich in einer Abwesenheit des Verbots, oder des Gebots
und Verbots zugleich, wird es hier in eine durch
Möglichkeit des Zwangs bestimmte Sanktion der
Handlung durch Vernunft gesetzt. Während das
Recht, in wie ferne es dort aus einer blofsen
durch die moralische Vernunft negativ-bestimm-
ten Freiheit bestand, nur negativ mit der Vernunft, als einer blofsen conditio sine qua non verknüpft war, erscheint es hier mit der Vernunft,
als einer caussa efficiens, positiv verknüpft, indem
die Vernunft durch Thätigkeit das Recht hervorbringt und den Zwang möglich macht. Während
das Recht dort mit dem rechten verwechselt ward,
tritt es hier in seinem strengsten Unterschied von
diesem Begriffe auf. Das was recht ist, besteht in
dem Nichtwiderspruch einer Handlung mit dem
Sittengesetze; das Recht in einer durch die juridische Vernunft bestimmten Möglichkeit des Zwangs.
Während nach den bisherigen Theorieen die praktische Möglichkeit des Zwangs von dem Begriff

des

des Rechts überhaupt ausgeschlossen, und erst als
eine Folge aus dem Recht deducirt wurde, ist hier
die Möglichkeit des Zwangs, als ein inneres und
nothwendiges Merkmal des Rechts, in den Begriff
des Rechts aufgenommen.

Ueber diesen letzten Unterschied meiner
Rechtsbestimmung von den bisherigen, muſs ich
mich mit ein Paar Worten erklären, indem man
meinen Begriff leicht misverstehen, und mich be-
schuldigen könnte, daſs ich das Zwangsrecht mit
dem Rechte überhaupt verwechselte. Das Recht
überhaupt, abstrahirt von aller Materie, ist mir
eine Möglichkeit des Zwangs. Zwangsrecht ist
mir, wie allen Rechtsgelehrten, eine besondere
Art des Rechts, und besteht darin, daſs die Möglichkeit des Zwangs (das Recht überhaupt) Zwang
zu seiner Materie hat. Ich will die Sache durch
ein Beispiel klar machen. Ich habe das Recht,
mein Leben zu erhalten. Hier ist die Erhaltung
meines Lebens Materie des Rechts, und die Rechtsform, d. h. das, was mich berechtigt zu sagen:
ich habe ein Recht, besteht in der Möglichkeit des Zwangs, d. h. darin, daſs es mir durch
meine Vernunft möglich ist, mein Leben mit
Zwang

Zwang zu behaupten. Gesetzt nun, ein Mörder
will mir das Leben nehmen, und ich will von dem
Recht, mein Leben zu erhalten, Gebrauch machen, den Zwang, der mir möglich ist, wirklich
ausüben, so sage ich, ich habe ein Zwangsrecht, d. h. ein Recht, den Mörder zu zwingen,
in wie ferne mit dieser Handlung (dem
Zwang gegen den Mörder) eine Zwangsmöglichkeit verbunden ist, d. h. in wie
ferne meine Vernunft diese bestimmte
Zwangshandlung sanktionirt und es
mir möglich macht, jeden, der mich
an diesem Zwange hindern will, mit
Zwang abzutreiben. — Man darf daher
meine Zwangsmöglichkeit nicht mit einem Zwangsrechte verwechseln. Jene ist der Charakter eines
jeden Rechts (also auch des Zwangsrechts,) dieses
ist ein besonderes Recht, eine Zwangsmöglichkeit,
deren Materie die Handlung des Zwangs ist. —
Diese Sache wird unten noch klärer werden.

Aber da mögte man uns wohl fragen: worin
denn nun eigentlich die juridische Funktion bestehen? was denn das innere Wesen der Sanktion
sey? wie es die Vernunft, um mich eines sinnlichen

chen Ausdrucks zu bedienen, anfange, wenn sie sanktionire und dadurch Rechte gebe? Niemand, der sich selbst versteht und von den Grenzen unseres Erkenntnifsvermögens etwas weifs, wird diese Frage aufwerfen. Sie beantworten, hiefse die Schranken der Vernunft überschreiten, in das Gebiet des übersinnlichen und der Dinge an sich hinüberschweifen. Wie das innere Wesen dieser Sanktion, sowohl als Handlnng, als wie auch als Produkt betrachtet, wie die Natur des juridischen Vermögens an sich beschaffen sey, das können wir eben so wenig wissen, als was doch woh! die innere Beschaffenheit des Raums, oder der Kategorien, oder des Sollens seyn möge. Um dies beantworten zu können müsten wir in das innere Wesen unsres Geistes, in die Natur unsrer Seele an sich eindringen können, und dieser Weg ist uns auf immer verschlossen. Wir müssen daher mit dem uns beschiedenen Theil zufrieden seyn, und von dem Rechte nichts wie es an sich ist, sondern wie es uns erscheint, von dem juridischen Vermögen nichts mehr, als was wir durch seine Wirkung erkennen können, wissen wollen.

Fol-

Folgende Fragen sind aber unmöglich abzu-
weisen: wie weit erstreckt sich die Sphäre des
juridischen Erlaubtseyns? welches sind seine Grenzen? wie sind durch die juridische Funktion freie,
äufsere und verbindliche Rechte, wie sind Zwangsrechte — wie ist rechtliche Freiheit möglich?
Diese Fragen müssen nach der Reihe beantwortet
werden. Vorher aber halte ich es für nothwendig
eine Deduktion des Sittengesetzes aus der Form
der Vernunft vorauszuschicken.

DRIT-

DRITTER ABSCHNITT.

Deduktion des Sittengesetzes aus der Form der Vernunft.

———

Ich glaube nicht unrecht zu thun, wenn ich hier das fortlaufende Raisonnement durch Paragraphen unterbreche, um nicht zu einer Verwirrung der Begriffe und Schlüfse Anlafs zu geben, und nicht mit der öftern Wiederholung des: da und: nun beschwerlich zu fallen.

§. 1.

Die Form der Vernunft ist systematische Einheit, — Einstimmung des Mannichfaltigen zu Einem, wie sich dies aus ihren Funktionen beim Schliefsen ergiebt und als durch die Kritik der Vernunft erwiesen vorausgesetzt wird.

§. 2.

Ieder Stoff ist der Vernunft, als dem höchsten Gemüthsvermögen, unterworfen und wird nur dadurch

durch mit ihr einstimmig, daſs ihre Form an ihm realisirt ist.

§. 3.

Alles Mannichfaltige, das der Vernunft gegeben ist, ist entweder ein Mannichfaltiges der Natur oder ein Mannichfaltiges der Freiheit, (die Zwecke und Begehrungen des Menschen).

§. 4.

Auf beide Arten des Mannichfaltigen wendet die Vernunft ihre Form an, und sie ist theoretisch, in wie ferne diese ihre Form auf das Mannichfaltige der Natur, (durch regulative Principien,) praktisch aber, in wie ferne diese Form auf das Mannichfaltige der Freiheit (durch constitutive Principien) angewendet wird.

§. 5.

Das Mannichfaltige der Zwecke ist an sich betrachtet, abstrahirt von reinen praktischen Vernunftgesetzen, ein disharmonisches, sich selbst widerstreitendes Mannichfaltiges. Es ist daher Geschäft

269

schäfc der Vernunft den Widerstreit aufzuheben
und wirkliche Einstimmung möglich zu machen.

§. 6.

Die Zwecke des Menschen in Gemeinschaft
gedacht, stehen mit einander in Widerspruch,
wenn wir von reinen praktischen Vernunftgesetzen abstrahiren, in wie ferne es nämlich alsdenn
einem jeden möglich ist, durch seine Zwecke meine Zwecke willkührlich zu vereiteln. Der Men-
schenstand wäre dann ein Hobbesischer status na-
turalis, ubi alter j u r e invadit, alter j u r e resistit.
Die Vernunft muſs daher diesen Widerstreit aufheben, mithin der Willkühr, in Beziehung auf andere
vernünftige Wesen, Schranken setzen. Sie giebt
daher das Gesetz: Deine Zwecke dürfen
nicht im Widerstreit stehen mit den
Zwecken anderer vernüuftiger Wesen.
— Oder: Deine Freiheit in dir darf der
Freiheit in andern vernünftigen Wesen nicht widerstreiten. — Oder, nach
der Kantischen Formel: Behandle kein vernünftiges Wesen auſser dir als willkührliches Mittel zu deinen will-
kühr-

kührlichen Zwecken. Dies ist das Gebot
der-Gerechtigkeit gegen andere; es ist blos negativ. Denn es hat nur einen vorhandenen Widerstreit aufzuheben und Schranken zu setzen.

§. 7.

Die Zwecke in den vernünftig - sinnlichen
Wesen selbst, (nicht in Beziehung auf andere vernünftig-sinnliche Wesen,) stehen mit einander im
Widerspruch, wenn wir von praktischen Vernunftgesetzen abstrahiren, in dem alsdann unter dem
Mannichfaltigen möglicher Zwecke, auch solche
begriffen sind, welche die Möglichkeit der Zwecke
überhaupt oder besondere Zwecke aufheben,
(z. B. mir selbst das Leben zu nehmen, meinen
Körper zu verstümmeln, die geistigen Vermögen
zu unterdrücken u. s. w.). — Diesen Widerstreit
der Zwecke aufzuheben, ist das Geschäft der Vernunft, vermöge ihrer Form, welche Einheit ist.
Sie muß daher die Möglichkeit der Zwecke beschränken, der Willkühr in Beziehung auf die
Möglichkeit der Zwecke in dem Subjekt an sich
Schranken setzen, und giebt mithin das Gesetz:
Deine Zwecke dürfen sich einander
selbst

selbst in dir nicht widerstreiten. Oder:
Der Gebrauch deiner Freiheit darf
den Gebrauch deiner Freiheit in dir
selbst nicht aufheben oder beschränken. Oder, nach der Kantischen Formel: Behandle dich selbst nicht als Mittel zu
beliebigen Zwecken Dies ist das Gebot
der Gerechtigkeit *gegen mich selbst*,
und ist, wie das der Gerechtigkeit gegen andere,
blos negativ, indem es nur einen Widerstreit
aufzuheben und Schranken zu setzen hat.

§ 8.

Das was durch diese Anwendung der Vernunft auf Zwecke hervorgebracht wird, ist blos
eine Aufhebung des Widerspruchs der Zwecke mit
sich selbst und mit den Zwecken anderer vernünftiger Wesen. Die durch Vernunft bewirkte Uebereinstimmung ist daher eine blofse negative
Einstimmung der Zwecke. Die Vernunft
mufs aber, vermöge ihrer Form, der Uebereinstimmung des Mannichfaltigen zu Einem nicht
blos eine negative Einstimmung, einen Nicht-
Widerstreit der Zwecke, sondern auch eine positive

tive Einstimmung, eine wirkliche, bestimmende Einstimmung der Zwecke wollen.

§. 9.

Positiv stimmen meine Zwecke mit den Zwecken anderer vernünftigen Wesen überein, wenn ich ihre Zwecke zu meinen eignen Zwecken mache; d. h. wenn ich ihre Zwecke so betrachte, als wenn sie meine eignen Zwecke wären. Folglich giebt die Vernunft das Gesetz: Du sollst die Zwecke anderer zu deinen eignen Zwecken machen. — Oder, welches hieraus unmittelbar folgt, du sollst durch deine Zwecke die Zwecke anderer vernünftiger Wesen befördern, — der Gebrauch deiner Freiheit soll den Gebrauch der Freiheit anderer befördern, — oder, nach der Kantischen Formel: du sollst die vernünftige Natur aufser dir stets als Zweck betrachten. — Dies ist das Gebot der Güte gegen Andere. Es ist nicht wie das Gebot der Gerechtigkeit negativ, sondern positiv. Denn es hat nicht blos einen Widerstreit aufzuheben, negative Ueberein-

einstimmung zu bewirken, sondern es hat positive
Uebereinstimmung der Zwecke zum Ziel.

§. 10.

Positiv stimmen meine Zwecke mit meinen
eignen möglichen oder wirklichen Zwecken überein, wenn sie einander befördern, wenn die Er-
weiterung der Sphäre möglicher Zwecke durch
meine wirklichen Zwecke möglich wird. Die Vernunft giebt mir daher das Gesetz: Du sollst,
(innerhalb der gesetzlichen Schranken) durch deine Zwecke deine Sphäre
möglicher Zwecke erweitern (deine
Zwecke befördern.) — Oder: der Gebrauch
deiner Freiheit soll den Gebrauch der
Freiheit in dir selbst befördern. —
Oder: du sollst (innerhalb der gesetzlichen
Schranken) dich stets als Zweck betrachten. Dies ist das Gebot der Güte gegen mich
selbst, welches, da es positive Uebereinstimmung
zum Zweck hat, ein positives Gebot ist.

§. 11.

Diese Vorschriften der Vernunft sind durch
sie um eines ihrer nothwendigen Zwecke willen

S   (der

(der Realisirung der systematischen Einheit) gegeben, es sind also für den Willen nothwendige Vorschriften, und in wie ferne sie dem
Willen nothwendig sind, praktisch- oder
moralisch-nothwendige Vorschriften,
d. h. Gesetze. — Diese Vorschriften kündigen
sich dem Willen durch ein Sollen an.

§. 12.

Diese Gesetze sind Produkte der reinen Vernunft und als solche blos durch sie vollständig
bestimmt. Sie sind daher schlechthin durch sich
selbst, als Produkte der Vernunft, gültig, nicht
empirisch-bedingt, und haben ihre Sanktion
durch sich selbst.

Dies folgt auch schon aus dem Begriff eines
Gesetzes. Eine Vorschrift für meinen Willen,
die nicht durch sich selbst Sanktion hat, sondern von etwas aufser ihr, (einem durch dieselbe zu erreichenden beliebigen Zweck)
Sanktion erhalten mufs, ist kein Gesetz, sondern nichts weiter als eine Vorschrift. Ein
Gesetz mufs absolut gültig, schlechthin nothwendig

wendig seyn. Ist es nur bedingt nothwendig,
d. h. ist es nur dadurch nothwendig, daſs ich
etwas anders will, so hört es auf Gesetz zu
seyn, und seine Erfüllung ist mir nur in so
weit nothwendig, als ich das, wodurch es
Sanktion hat, wirklich begehre.

§ 13.

Die durch reine Vernunft gegebenen Vorschriften sind Gesetze, d. h. schlechthin durch
sich selbst gültige Vorschriften. Sie müssen daher
auch als solche befolgt werden, d. h. wir
dürfen ihnen bei ihrer Befolgung keine aufser
ihnen selbst gelegene Sanktion geben, wir müssen
sie um ihrer selbst willen, blos darum,
weil sie Gesetze sind, befolgen. Denn
geben wir ihnen eine fremde Sanktion, so machen
wir sie zu etwas, was sie nicht sind, wir machen
sie zu blofsen Vorschriften, da sie Gesetze sind,
geben ihnen nur hypothetische Gültigkeit, da sie
doch absolute Gültigkeit haben, behandeln sie als
Mittel zu Zwecken, da sie doch selbst Zwecke
sind. — Sie sind uns als Gesetze gegeben und
müssen daher auch als Gesetze befolgt werden.

§. 14.

§. 14.

Die Befolgung dieser Gesetze ist ein durch Vernunft dem Willen gesetzter nothwendiger Zweck. Dieser Zweck ist aber, laut dem vorigen §, ein unbedingter Zweck — ein Zweck, der keinem andern als Mittel untergeordnet ist. Ein der Willkühr gegebener unbedingter Zweck- ist aber der höchste Zweck, (denn er ist keinem untergeordnet). Folglich ist die Befolgung des Moralgesetzes der vernünftigen Wesen höchster Zweck.

Hieraus folgt auch Moralität als Endzweck der Welt. — Endzweck der Welt ist ein Zweck, dem alle andern Zwecke in der Welt als Mittel untergeordnet sind. Er soll das letzte Glied in der Reihe der Zwecke, er soll das Unbedingte zu dem Bedingten seyn. Nun aber kennen wir keinen unbedingten Zweck als Moralität, folglich ist Moralität Endzweck der Welt.

§. 15.

Mit dem Begriff moralischer Gesetze ist der Begriff der Imputabilität nothwendig verbunden.

den. Imputabilität setzt aber F r e i h e i t der Befolgung als nothwendige Bedingung voraus. Folglich müssen diese Gesetze, wenn uns ihre Befolgung zugerechnet werden soll, mit Freiheit befolgt
werden können, (Freiheit des Willens ist
praktisches Postulat) und ich muſs sie mit Freiheit
wirklich befolgen, (ich muſs bei Befolgung der
Moralgesetze von der Freiheit des Willens wirklich
Gebrauch machen).

Warum mit der Pflicht Imputabilität verbunden sey? dies ist eine Frage, die eben so
wie die Frage : warum mit der Befolgung der
Pflicht Würdigkeit zur Glückseligkeit verbunden ist? kein endlicher Verstand zu lösen
vermag. In einer Deduktion des Moralgesetzes können wir weiter nichts leisten, als das
Daseyn des als Factum gegebenen Moralgesetzes aus der Natur der Vernunft s e i n e m
I n h a l t e nach zu erklären, und zu zeigen,
wie die Vernunft ein solches Gesetz geben
könne und wirklich gebe. — Aber d i e s
müssen wir thun, wann wir nicht den Neckereien des Skepticismus unaufhörlich Preis gegeben seyn wollen. Wenn er uns das Moralgesetz aus der Erziehung oder aus dem Staate
herlei-

herleitet, wenn er uns sagt, dafs das Heiligste
in uns nur ein flüchtiges Produkt der Zeit
und der Gewohnheit sey, was wollen wir antworten? —— „Das Sittengesetz ist uns als Factum gegeben.„ Er leugnet nicht das Factum,
er leugnet die Quelle dieser Thatsache, welche wir behaupten. Können wir ihm nun
nicht zeigen, dafs die Vernunft Quelle des
Moralgesetzes sey, so hat er vor uns einen
Vortheil voraus; denn er erklärt uns, wie wir
das Moralgesetz in uns kennen — wir erklären ihm nichts — und er hat nun gewonne-
nes Spiel. Es ist daher unsre Pflicht, ihm seinen Irrthum zu zeigen, das als Factum gegebene Moralgesetz aus der Natur der Vernunft
zu erklären, und die Data, die er wider uns
in der moralischen Welt findet, mit unserer
Herleitung zu vereinbaren. Er hat dann keine
Forderungen mehr an uns zu machen, und
wir haben gethan, was wir um der Wissenschaft und um der Menschheit willen zu thun
schuldig waren. — Will er noch weiter fragen, will er wissen: wie auch das Sittengesetz
seinem innern Wesen nach durch Vernunft
möglich und wirklich sey? so können wir
frei-

freilich nichts antworten: denn um dies zu
können, müssten wir mehr von der Vernunft,
als ihre Form, wir müsten ihre innere Natur,
und die Seele, wie sie an sich ist, kennen. ——
Aber wir dürfen ihm nur seine Frage zurück-
geben, wir brauchen sie nicht zu beantworten,
da wir uns durch unsre vorhergehende Antwort hinlänglich gesichert und unser Palladium
vor allen Angriffen verwährt haben. —— Nach
dem bisher gesagten prüfe man, was der
scharfsinnige Creuzer in seinem Buche:
Skeptische Betrachtungen über
die Freiheit des Willens mit Hinsicht auf die neuesten Theorien.
Giefsen 1793. gegen den Beweis der kritischen
Philosophie für die Freiheit des Willens aus
der Imputation vorbringt, wenn er sagt: „Die
Behauptung, dafs Schuld und folglich auch
Zurechnung da seyn müsse, steht da al-
lenthalben wie ein Cherub mit flammendem
Schwerd, um alles weitere Vorwärtsdringen
unmöglich zu machen, und von aller Untersuchung sogleich zurückzuschrecken etc. „

§. 16.

§. 16.

Mit dem Sollen ist, vermöge des Satzes des Widerspruchs, das Nicht-Nichtsollen (die Negation des Gegentheils) nothwendig verbunden. Wenn die Vernunft eine (positive oder negative) Handlung gebietet, so kann sie eben darum diese Handlung nicht verbieten. In wie ferne nun der Wille durch ein Sollen bewegt, und durch Abwesenheit des Verbots, (welche durch das Gebot nothwendig gesetzt wird) nicht beschrankt ist, in so ferne ist dem Willen zugleich mit dem Gebot ein Erlaubtseyn gegeben. Was ich soll, das ist mir daher auch erlaubt, das darf ich — und dieser Satz ist ein analytischer Satz, denn er drückt nichts weiter aus, als: was mir geboten ist, ist mir nicht verboten.

§. 17.

Nicht alle Handlungen sind durch das Sittengesetz bestimmt, d. h. es giebt eine Sphäre des absoluten Erlaubtseyns, ein Kreis von Handlungen, die jenseits der Gränzen des Sittengesetzes liegen. Diese Handlungen heifsen moralisch-indiffedifferente Handlungen und sind dem Subjekt schlechthin erlaubt, d. h. ganz in seine Willkühr gestellt. Ihr Princip ist folgendes: Zwecke, die weder in mir, noch in Andern Zwecke zerstören, noch auch den Gebrauch der Freiheit in mir oder in Andern befördern können, sind weder verboten, noch geboten. Handlungen nun, welche mit zu diesem Princip gehören, sind, in wie ferne sie keinem Verbot widerstreiten, erlaubt, und in wie ferne dieses Erlaubtseyn durch kein Gebot bedingt ist, schlechthin erlaubt.

VIER-

VIERTER ABSCHNITT,

ERSTE ABTHEILUNG.

Bestimmung des Gebiets der Rechte.

Es ist die Frage: wie weit sich die Sphäre des juridischen Erlaubtseyns erstreckt, oder, mit andern
Worten, welches das Gebiet der Rechte ist? wie
weit ein vernünftiges Wesen, in Beziehung auf die
juridische Vernunft, frei, nicht bestimmt ist,
und bis wie weit er Rechte — eine von der Vernunft sanktionirte Freiheit besitzt? — Wir haben aber nur die Entstehungsart und die Möglichkeit des Rechts überhaupt gezeigt, wir haben nur
im Allgemeinen dargethan, wie und wodurch
Rechte überhaupt vorhanden sind, und das
Recht nur als Recht, als metaphysischen Gegenstand, abstrahirt von allem materiellen Inhalt, betrachtet. Aber es bleibt noch ganz dahin gestellt,
worauf denn der Mensch wirklich Rechte habe,
welche Handlungen unter den Rechtsbegriff gehören;

ren, und auf welche diese angewendet werden
kann. Dieses Problem ist nun jetzt der Gegenstand unserer Untersuchung.

Oben wurde gezeigt, dafs das Recht als eine
Bedingung zu Erreichung des höchsten Zwecks
von der Vernunft gegeben werde. Wir können
daher diese Frage schon im Allgemeinen so auflösen: Ist das Recht gegeben als Bedingung zu
Erreichung des höchsten Zwecks, so stehen alle
diejenigen Handlungen unter dem Recht, deren
Nichtgehindertwerden eine Bedingung zu Erreichung des höchsten Zwecks ist. Aber diese Antwort ist nicht bestimmt genug; denn nun müssen
wir ja ferner fragen: welchen Handlungen ist denn
das Nichtgehindertwerden Bedingung zur Erreichung des höchsten Zwecks? Bei dieser Frage ist
nun nicht von bestimmten concreten Handlungen,
sondern von einer Sphäre von Handlungen überhaupt die Rede, und wir wollen nur wissen, welche Arten von Handlungen überhaupt sanktionirt
sind? für welche Arten von Handlungen die juri-
ridische Vernunft Rechte bestimmt? Ist es uns mit
der bestimmten Angabe derselben gelungen, so
haben wir an ihnen zugleich ein Princip der Beurtheilung

theilung concreter Handlungen, indem was von
der Art gilt, auch von den einzelnen Dingen gelten mufs, und die Urtheilskraft das Concrete dem
Allgemeinen nur richtig zu subsumiren hat, um
zu bestimmen, ob den speciellen oder concreten
Handlungen das Prädikat des Rechts zukommen
oder nicht.

Um aber diese Arten bestimmt angeben zu
können, bedürfen wir eines Princips der Eintheilung von Handlungen überhaupt, und da finden
wir keines das umfassender und bestimmter wäre,
als das Sittengesetz. Alle Handlungen stehen unter dem Sittengesetz und müssen sich daher auch
nach ihren verschiedenen Beziehungen auf dasselbe
eintheilen lassen. Alle Handlungen sind entweder
moralische Handlungen, oder nichtmoralische Handlungen. Erstere sind solche, welche
durch das Sittengesetz selbst positiv bestimmt sind,
wozu der Handelnde Pflicht hat. Die nichtmorali-
schen Handlungen sind wieder entweder unmoralische, welche dem Sittengesetz widersprechen, oder nichtmoralische im engsten Verstande,
welche blos dem Sittengesetz nicht widersprechen,
und auch gesetzmäfsige im engsten Sinne, oder
freie

freie Handlungen heifsen. — Auf welche Art
von diesen Handlungen erstreckt sich nun das juridische Vermögen? — Welche Sphäre von diesen Handlungen ist nun durch Vernunft sanktionirt, eine oder alle? —

ZWEITE ABTHEILUNG.

Wie sind verbindliche Rechte möglich?

———

Das Nichtgehindertseyn an moralischen Handlungen ist eine unmittelbare Bedingung zu Erreichung des höchsten Zwecks, denn es ist Bedingung zur Erfüllung der Pflicht, ihrer Realisirung in der Welt der Erscheinungen. Da nun die juridische Vernunft in Sanktionirung solcher Handlungen besteht, deren Nichtgehindertwerden Bedingung der Erreichung des höchsten Zwecks ist, so muſs sie die Sphäre der moralischen Handlungen sanktioniren. — Ich habe daher ein Recht zu Erfüllung meiner Pflicht, und es giebt verbindliche Rechte. Verbindliche Rechte sind nämlich solche, welche mit einer Pflicht verbunden sind, d. h. welche eine Handlung zur Materie haben, die geboten ist; nun sind moralische Handlüngen solche, welche geboten sind; folglich giebt es verbindliche Rechte.

———

DRITTE ABTHEILUNG.

Wie sind freie Rechte möglich?.

Freie Handlungen, (in Beziehung auf das Sittengesetz) sind solche Handlungen, welche nicht
durch das Sittengesetz bestimmt sind. So ist die
Handlung, meine Hand dahin oder dorthin zu bewegen, mich jetzt von meinem Pult wegzubege-
ben und in der Stube auf- und niederzugehn, eine
freie Handlung. Sie ist mir durch das Sittengesetz
weder geboten noch verboten; sie ist, in Beziehung auf das Sittengesetz, meiner Willkühr völlig
überlassen. Aber diese Handlungen sind doch
mögliche Bedingungen zu Erfüllung meiner Pflichten und zu Erreichung des höchsten Zwecks. —
Ein Unglücklicher jammert unter meinem Fenster,
er ist von einem Thiere angefallen worden; mein
Pult zu verlassen, ist nun die einzige Bedingung, unter der ich die Pflicht, die mir Rettung
gebietet, erfüllen und dem Unglücklichen beiste-
hen kann. — Das Nichtgehindertseyn an freien
Handlungen, als möglichen Bedingungen

zu

zu Erfüllung der Pflichten, ist daher eine Bedingung zu Erreichung des höchsten Zwecks. Die
Vernunft nun will die Realisirung des Sittengesetzes in seinem ganzen Umfange; folglich muß sie
auch die freien Handlungen ihrer Sanktion unterworfen. ___ Freie Rechte sind solche, welche ein
bloßes Erlaubtseyn zur Materie haben; nun ist
das bloße Erlaubtseyn der Handlung durch Vernunft sanktionirt; folglich giebt es f r e i e
R e c h t e.

VIERTE ABTHEILUNG.

Wie sind äufsere Rechte möglich?

Der höchste Zweck vernünftiger Wesen wird nicht durch blofse Realisirung der Materie des Sittengesetzes (durch Legalität) erreicht. Moralität, der höchste Zweck vernünftiger Wesen, wird nur durch Befolgung des Sittengesetzes um sein selbst willen, und durch freie Befolgung des Sittengesetzes erreicht. Da nun freie Befolgung des Sittengesetzes Bedingung der Erreichung des höchsten Zweckes ist, das Bestimmtwerden von aufsen aber zu Befolgung des Sittengesetzes diese Freiheit zerstörte, und die Vernunft völlige Einstimmung der Handlungen mit den Forderungen des Sittengesetzes wollen mufs, so mufs sie auch unmoralische Handlungen ihrer Sanktion unterwerfen, in wie ferne freie Befolgung des Sittengesetzes Bedingung der Erreichung des höchsten Zweckes ist. Aeufsere Rechte sind solche Rechte, die unmoralische Handlungen zur Materie haben. Nun sind unmoralische Handlungen von der Vernunft san-

krionirt,

ktionirt, folglich giebt es äufsere Rechte durch
Vernunft. —

Die schwierige Frage: wie sind äufsere Rechte
durch Vernunft möglich? — löst sich daher aus
unsern Principien, mit der gröfsten Leichtigkeit
auf. — Die juridische Vernunft hat die Hindernisse wegzuräumen, welche der Erreichung des
höchsten Zwecks entgegenstehen. Freie Befolgung des Sittengesetzes ist nun eine Bedingung
der Erreichung des höchsten Zwecks. Bestimmung
meiner Freiheit durch eine Person aufser mir hebt
diese Bedingung auf. Mithin mufs die juridische
Vernunft auch die Sphäre unmoralischer Handlungen sanktioniren, d. h. sie mufs diese Handlungen
für unverletzlich erklären und Möglichkeit des
Zwangs bestimmen, in Beziehung auf jeden, der
mich an denselben hindern will. — Warum habe
ich nun ein Recht, mir selbst das Leben zu nehmen? Setzt, ich hätte kein Recht, mir es zu nehmen, so dürfte ich zu Erfüllung der Verbindlichkeit, mir nicht selbst das Leben zn rauben, von
aufsen her bestimmt werden, oder besser, so müfste ich mich von aufsen her bestimmen lassen —
und es wäre keine Moralität der Handlungen vorhanden.

handen. Denn ich hätte die Pflicht nicht durch Freiheit, sondern durch Nothwendigkeit erfüllt. Die Vernunft muſs aber Freiheit in Erfüllung der Pflichten wollen. Folglich muſs sie mir das Recht geben, mich zu Erfüllung der Pflicht nicht zwingen zu lassen, sie muſs mir das R e c h t geben, mir das Leben zu nehmen.

———————

FÜNF-

FÜNFTE ABTHEILUNG.

Gränzen des Rechts.

———

Durch diese Deduktion der äussern Rechte scheinen wir aber diesen Rechten ein unendliches und unbegränztes Feld angewiesen zu haben. „Habe ich zu unmoralischen Handlungen ein Recht, so habe ich auch das Recht andere vernünftige Wesen als Mittel zu behandeln; denn eine solche Handlung ist doch auch eine unmoralische Handlung — und was von unmoralischen Handlungen überhaupt gilt, gilt auch von einzelnen.„ — So könnte man voreilig aus meinen Principien folgern. Aber eine solche Folgerung wäre auch nur voreilig, und der Weg zu derselben läfst sich leicht abschneiden. — Es giebt allerdings Gränzen der Rechte — und das Princip der äufsern Rechte dehnet diese nichts ins Unendliche aus. Die Natur der Vernunft, welche das Feld der Rechte bestimmt hat, bestimmt auch seine Gränzen. Die Vernunft kann sich selbst nicht widersprechen. Einstimmung ist ihre Form. Sie würde de sich aber widersprechen, wenn sie die äufsern Rechte bis dahin ausdehnte, dafs ich sogar das Recht hätte, ein anderes Vernunftwesen als Mittel zu behandeln. Folglich kann sie kein Recht geben, ein anderes Vernunftwesen [als Mittel zu behandeln und seine Persönlichkeit zu verletzen. Dafs sich aber die Vernunft selbst widersprechen würde, wenn sie mir ein Recht, die Persönlichkeit des Andern zu verletzen, geben wollte, mufs sogleich erhellen. Die Vernunft ist in allen vernünftigen Wesen gleich; was sie daher in das eine Subjekt setzt, setzt sie auch in alle; die Rechte, die sie einem giebt, giebt sie auch allen. Hätte ich nun das Recht, ein anderes vernünftiges Wesen als Mittel zu behandeln, so hätte ich das Recht, die Rechte des Andern zu kränken — welches ein Widerspruch der Vernunft mit sich selbst seyn würde. Denn alsdenn zerstörte sie die Rechte, die sie selbst gegeben hat, sie zernichtete durch Rechte, die sie mir gegeben, die Rechte, die sie andern gegeben, zerstörte ihr eignes Werk und wäre — eine unvernünftige Vernunft. Sie mufs daher dem Gebiet der Rechte Schranken setzen, d. h. sie kann nur solche Handlungen sanktioniren, wodurch die Rechte Anderer nicht gekränkt werden.

werden. Das Schweigen der Rechte gebenden Vernunft bestimmt also die Gränzen des Rechts. So weit die Vernunft Handlungen sanktionirt, so weit habe ich Rechte; wo die Vernunft nicht sanktionirt, da habe ich kein Recht, da ist die Gränze aller Rechte, und ich thue ein Unrecht, wenn ich diese Schranken überschreite.

Nach diesen Schranken können wir nun das Gebiet des Rechts im Allgemeinen genau bezeichnen. Wenn, wie gezeigt worden, mit Verletzung der Rechte Anderer das Unrecht seinen Anfang nimmt, wenn die Vernunft keine Handlung sanktioniren kann, wodurch das Recht anderer vernünftiger Wesen gekränkt wird, so habe ich, laut dem vorherigen, ein Recht zu alle dem, wodurch die Rechte Anderer nicht gekränkt werden. Es steht daher der Grundsatz fest, positiv: Ich habe zu alle dem ein Recht, wodurch ich ein anderes vernünftiges Wesen, nicht als willkührliches Mittel zu beliebigen Zwecken behandle. Negativ: Ich habe zu alle dem kein Recht, wodurch ich ein anderes vernünf-

nünftiges Wesen als beliebiges Mittel zu beliebigen Zwecken behandle.

Wenn wir nun nach einer nominalen Bestimmung des Rechts fragen, so ist das *Recht* eine
Zwangsmöglichkeit solcher Handlun-
gen, wodurch ein anderes vernünftiges Wesen nicht als beliebiges Mittel
zu beliebigen Zwecken behandelt
wird.

———————

SECHSTE

Wie sind Zwangsrechte möglich?

———

Die Zwangsrechte dürfen mit Rechten überhaupt nicht verwechselt werden. Zwangsrecht ist eine Art des Rechts, und muſs daher, wie alle andern Rechte, eine Zwangsmöglichkeit seyn. Aber es unterscheidet sich von andern Rechten dadurch, daſs es Z w a n g zur M a t e r i e hat, und das Zwangsrecht läſst sich daher so bestimmen, daſs es das Recht sey, ein anderes vernünftiges Wesen nach Naturgesetzten zu bestimmen. — Wie ist nun so ein Recht möglich?

Das Recht überhaupt ist eine mit Sanktion verknüpfte Freiheit, wie oben erwiesen worden; die M ö g l i c h k e i t des Zwangs ist also schon in der Natur des Rechts selbst vorhanden. Es giebt kein Recht ohne Sanktion; es giebt also auch kein Recht ohne Möglichkeit des Zwangs. Bei jedem Recht, das ich habe, sagt die Vernunft: Du darfst (im juridischen Sinne) dieses thun, und einen

jeden,

jeden, der dich hieran hindern will, mit Gewalt
zwingen. Sie giebt dadurch, dafs sie ein Recht
giebt Möglichkeit des Zwangs. Das Zwangsrecht aber entspringt erst dann, wenn die hypothetische Voraussetzung der Vernunft wirklich ein-
getreten ist. Der Gebrauch des Zwangs, dessen
Möglichkeit in dem Recht überhaupt enthalten ist,
wird nun die Materie eines Rechts. Denn da die
Vernunft eine Handlung sanktionirt, als Bedingung
des Sittengesetzes Möglichkeit des Zwangs in das
Subjekt setzt, so mufs sie auch den wirklichen
Gebrauch des Zwangs als Bedingung der Ausübung
des Rechts sanktioniren, d. h. mit dem Gebrauch
des Zwangs, dessen Möglichkeit in dem Recht
überhaupt enthalten ist, Möglichkeit zum Zwange
(in Beziehung nicht auf das zu zwingende Subjekt
selbst, sondern in Beziehung auf andere, welche
mich an meinem rechtmäfsigen Zwange hindern
könnten) bestimmen. Jedes Recht ist daher eine
Quelle von Zwangsrechten, und jedes Zwangsrecht
wieder eine Quelle von Zwangsrechten u. s. f.
Denn jedes Recht besteht in einer Möglichkeit zum
Zwange. Also mufs auch das Zwangsrecht, als
Art der Gattung, in einer Möglichkeit zum Zwange bestehen. So ist das Recht, meinen Feind zu
tödten,

tödten, ein Zwangsrecht; dieses Zwangsrecht ist
aber doch ein Recht, es muſs also Möglichkeit
zum Zwange in sich enthalten. Ich muſs daher
ein Recht haben, jeden, der mich an der Ausübung,
dieses meines Zwangsrechts hindern will, zu zwingen,
d. h. durch jenes Zwangsrecht wird ein neues
Zwangsrecht begründet.

So hat sich auch dieses Problem mit der
gröſsten Leichtigkeit aus unsern Principien aufgelöst. Das Zwangsrecht entspringt daraus, daſs
der Gebrauch des Zwangs, dessen Möglichkeit in
dem Rechte enthalten ist, als Bedingung der Ausübung des Rechts von der Vernunft sanktionirt,
d. h. von der Vernunft die Möglichkeit des
Zwangs mit dem Gebrauch des Zwangs verbunden
wird. Da nun in dem Recht die Möglichkeit des
Zwangs enthalten ist, so sind mit jedem Recht
Zwangsrechte verbunden. Jedes Recht ist eben
darum, weil es Recht ist, eine Quelle von Zwangsrechten, und es steht der Grundsatz fest: jedes
vernünftiges Wesen hat das Recht,
feine Rechte durch Gewalt zu erhalten.

———

SIEBENTE

SIEBENTE ABTHEILUNG.

Wie ist rechtliche Freiheit möglich?

———

Diese Frage beantwortet sich aus dem vorhergehenden, und kann mit wenig Worten abgefer-
tiget werden. Die Vernunft sanktionirt als Bedingungen des Sittengesetzes alle diejenigen Handlungen, wodurch nicht ein anderes vernünftiges
Wesen als Mittel zu beliebigen Zwecken gebraucht
wird. Es sind daher alle möglichen innerhalb
dieser bestimmten Grenze gelegenen Handlungen
sanktionirt. Es giebt daher Rechte zu contrairen,
und contraditorisch - entgegengesetzten Handlungen,
und durch das juridische Vermögen ist rechtliche Freiheit gegeben. Eben so klar ist es,
warum der Zwang ausgeübt und unterlassen werden
könne. Durch die Vernunft ist alles sanktionirt,
wodurch die Rechte eines andern nicht gekränkt
werden, folglich auch die Unterlassung — „Aber
die Ausübung des Zwangs kann doch geboten
seyn!„ — Ja, das kann seyn. Aber man schweife
nur nicht aus dem Gebiet des Rechts in das Gebiet

biet der Moral. Das Princip dieser, das Sittengesetz, ist nicht auch das Princip von jenem. Der
Richerstuhl, der das rechtlich-mögliche bestimmt,
ist ein anderer als der, der das moralisch-mögliche bestimmt. Vor meinem Gewissen kann mir
der Zwang freilich oft moralisch-nothwendig, und
die Unterlassung des Zwangs moralisch-unmög-
lich seyn, eben so wie mir die Unterlassung des
Zwangs nothwendig und die Ausübung desselben
unmöglich seyn kann. Bei der Frage über das
Recht aber dürfen wir uns nicht an das Sittengesetz wenden, dieses ist bei diesem Handel ein forum incompetens, und kann uns auf unsre Frage
gar nichts antworten, weil ihre Beantwortung einem andern Richterstuhl, dem der juridischen Vernunft, übertragen ist.

Wir hätten nun das oben vorgelegte Problem
in seinem ganzen Umfange, und, so viel ich glaube, allgemeingültig beantwortet. — Dieses:
allgemeingültig scheint nun freilich etwas
vermessen zu seyn, und in der That, wer dies
glaubt, hat (caeteris paribus) keinen unrichtigen
Glauben. — Es ist eine sonderbare Sache nm die
Wahrheit. Der Irrthum nimmt so gern, so häufig
ihre Gestalt an, dafs der einen über das Endliche erhabenen Blick besitzen müsse, der die Heuchlerin sogleich erkennen und von der wahren Wahrheit
unterscheiden könnte. Es geht uns denn wie dem
Ixion in der Unterwelt. Wir glauben eine Juno
zu umarmen und umfassen — eine Wolke. Welcher
Sterbliche, der des goldnen Sprüchleins: humani
nihil a me alienum esse puto, eingedenk ist, und
mit ein wenig Gefühl seiner eignen und der allgemeinen menschlichen Schwächen von der gütigen
Mutter - Natur ausgestattet ist, und den Schau-
platz der Philosophie von Thales bis auf Kant,
das rastlose, aber oft vergebliche Streben der philosophirenden Vernunft, auch nur mit flüchtigen
Blicken betrachtet hat — kurz, welcher Sterbliche, der das Glük hat, nicht mehr seyn zu
wollen, als er ist, kann von seinen Erfindungen,

wie

wie von objektiv gültigen Wahrheiten sprechen? woher weiſs er denn, daſs das, was e r für Wahrheit hält, auch wirkliche Wahrheit, daſs das, was ihm allgemeingültig scheint, nicht blos subjektiv, sondern in der That allgemeingültig ist? — Ich füge daher dem vermessenen: **allgemeingültig**, das demüthige: **wie ich glaube**, bei, und von diesem Glauben bin ich der Welt eine kleine Rechenschaft schuldig. — Wenn es gleich vermessen ist, von dem, was wir für Wahrheit halten, apodiktisch zu behaupten, daſs es wirklich allgemeingültig sey, so giebt es doch gewisse unzweideutige Kennzeichen an dem für uns Wahren, die uns zu dem Glauben berechtigen, daſs unſre Erfindung mehr als ein bloſser Traum sey. — Und diese Kennzeichen sind nun bei meiner Theorie folgende.

1) Die Wahrheit — dies ist ein altes, aber bewährtes Sprüchlein — liegt gewöhnlich in der Mitte, und zwischen zwei auf den Extremen gelegenen Theorieen ist gewöhnlich **diejenige** die wahre, welche den Weg einschlägt. der zwischen beiden gelegen ist. Dies findet hier seine Anwendung. Die Ableitung

leitung des Rechts aus der juridischen Funktion liegt zwischen der relativen und absoluten aus dem Sittengesetz in der Mitte, und vereinigt das wahre von beiden. — Sie befriedigt den Vertheidiger der absoluten Deduktion, indem sie das Recht nicht aus der gegenüberstehenden Pflicht ableitet, und, wie er, den Grund des Rechts in dem berechtigten Subjekt selbst aufsucht. Sie befriedigt den Vertheidiger der relativen Deduktion, indem sie das Recht nicht aus dem Sittengesetz des berechtigten Subjekts ableitet, und seinen Forderungen, äußere Rechte, Zwangsrechte und rechtliche Freiheit zu erweisen, in vollem Maaſse Genüge thut.

2) Ist es ein günstiges Vorurtheil für eine Theorie, wenn die Begriffe, die sie aufstellt, mit den Merkmalen, die der gemeine Verstand in diesen Begriffen durch Gefühle kennt, durchgängig harmoniren. Dies ist bei meinem Begriffe des Rechts der Fall. Nicht genug, daſs er mit aller Strenge deducirt, und nach den in ihm enthaltenen Merkmalen ein positiv durch Vernunft bestimmter Gegenstand ist, enthält

enthält er alles das, was der gemeine Ver
stand bei diesem Worte fühlt, und hat das Verdienst nur auf deutliche Begriffe gebracht zu
haben, was wir schon durch dunkle Verstellun-
gen an dem Rechte kannten. Ich sehe durch
diesen Begriff den großen Unterschied des
Rechts von dem Erlaubtseyn; ich begreife
durch ihn, warum mich der Gedanke an mein
Recht erhebt, warum ich frei und muthig bei
diesem Gedanken um mich blicke. — Das
Recht ist eine Sanktion durch Vernunft, in
ihm ist die Möglichkeit zum Zwange enthalten *).

3) Eins der günstigsten Kennzeichen ist das,
daß nach meiner Theorie das Naturrecht in
seiner vollen Würde als abgesonderte Wissenschaft auftritt. Das Naturrecht war sonst
immer

*) Ich habe mehrern Gelehrten meinen Begriff
des Rechts vorgelegt, und alle stimmten
darin überein, daß er mit dem Gefühl und
den Aussprüchen des gemeinen Verstandes
auf das strengste harmonire, und daß man
alles bei ihm denke, was man an ihm fühle.

immer eine Tochter der Moral, und weil die Tochter der Mutter nicht selten gleicht, so gleich auch das Naturrecht der Moral, und ihre Gleichheit wurde zum Unglück so treffend, dafs man sie gar nicht, oder doch nur durch äufsern Putz und künstlich angehängte Zierrathen von einander unterscheiden konnte. Mir ist das Naturrecht eine Schwester der Moral, und von dieser an Gestalt, Gröfse und ausgebreiteter Herrschaft unendlich verschieden. — Doch es ist unschicklich bei solchen Dingen in Gleichnifsen zu reden! Ich will eine deutliche Sprache führen. Das Naturrecht hat mit der Moral nichts anders gemein, als ihre allgemeine Quelle — die Vernunft und zwar die praktische Vernunft. Im übrigen sind sie durchgängig von einander verschieden. In Hinsicht auf das principium essendi ist die Quelle der Moral das Sittengesetz, oder die moralische Funktion der Vernunft; die Quelle des Naturrechts die juridische Funktion der Vernunft. In Hinsicht auf ihren Gegenstand überhaupt machen Pflichten und das vom Sittengesetz erlaubte (das rechte) den Gegenstand der

U   Moral;

Moral; *Rechte aber den Gegenstand des Naturrechts aus. In Hinsicht auf den Umfang (die Materie des Rechts) geht das Naturrecht weiter als die Moral. Diese bestimmt nur das als möglich, was dem Sittengesetz nicht widerspricht; diese alles, was dem Recht des Andern nicht widerspricht. — Der Gerichtshof der Moral ist daher von dem Gerichtshof des Naturrechts, in Hinsicht auf den Richter, die Form der Aussprüche, und die Ausdehnung ihrer Aussprüche verschieden. Der Gerichtshof der Moral ist ein innerer (Forum.internum), der Gerichtshot des Naturrechts ein äufserer Gerichtshof (Forum externum). Ich mache eine Sache vor dem innern Gerichtshof anhangig, heifst, ich will das Verhältnifs des Sittengesetzes zu dieser Sache bestimmen; ich mache eine Sache vor dem äufsern Gerichtshof anhängig, heifst ich will das Verhältnifs der Sache zu dem juridischen Vermögen bestimmen. An jenes Forum mufs ich mich wenden, wenn die Frage ist nach dem moralisch- möglichen. An dieses, wenn die Frage ist nach dem rechtlichmöglichen. Jenes hat

ein

ein engeres, dieses ein weiteres Gebiet, jenes
bestimmt das mögliche nach der Einstimmung
mit dem Sittengesetz, dieses nach der Einstimmung mit dem Recht des Andern.

Unsere Theorie setzt daher das Naturrecht
in seine Würde als für sich bestehende Wissenschaft ein, und giebt auf die grofsen Fragen: über
das änfsere und innere Recht, über das Forum
externum und internum, über die Vereinigung der
Gerechtigkeit mit der Güte, über das rechtlich-
mögliche und moralischmögliche die befriedigend-
ste Antwort, und mufs daher, wenn anders ihre
Gründe richtig sind, den Vertheidigern der absoluten und relativen Deduktion gleich willkommen seyn, indem sie beide in ihren gerechten Forderungen befriedigt, jene, indem sie den Grund des
Rechts in dem berechtigten selbst findet, diese
aber, indem sie die Möglichkeit des Unterschieds
zwischen einem äufsern und innern Gerichtshofe
darthut.

———